SOMOS VIDA (y familia)

SOMOS VIDA
(y familia)

SABA SAMS

Traducción de Lucas Gonzalvo Valls

Q Plata

Argentina – Chile – Colombia – España
Estados Unidos – México – Perú – Uruguay

Título original: *Gunk*
Editor original: BLOOMSBURY CIRCUS, un sello de
Bloomsbury Publishing Plc
Traducción: Lucas Gonzalvo Valls

1.ª edición: marzo 2026

ISBN: 978-84-10439-21-4
E-ISBN: 979-13-87899-38-7
Depósito legal: M-823-2026

Fotocomposición: Urano World Spain, S.A.U.

Impreso por: Rodesa, S.A. – Polígono Industrial San Miguel
Parcelas E7-E8 – 31132 Villatuerta (Navarra)

Impreso en España – *Printed in Spain*

*Para mi madre, a la que solía desear que dejara
de soltar tacos y de fumar en público; que ha seguido
siendo fiel a sí misma, desde el principio,
para que yo pudiera hacer lo mismo.*

Crear a partir de sí misma un ser es muy serio. Yo me estoy creando. Y andar en la oscuridad completa buscándonos a nosotros mismos es lo que hacemos. Duele. Pero es dolor de parto: nace algo que es.

CLARICE LISPECTOR, *Agua Viva*
(Trad. de María Auxilio Salado, Fondo de Cultura Económica)

¿Cómo va a salir uno de todo esto? ¿Cómo se puede vivir si no se puede amar? ¿Y cómo se puede vivir si se ama?

JAMES BALDWIN, *Otro país*

CAPÍTULO UNO

El bebé tiene veinticuatro horas y diecisiete minutos de vida. Para celebrarlo, saco del congelador una jeringuilla de calostro y me la pongo bajo la axila. Cuando la leche se ha derretido, me acomodo en el sofá con el bebé. Le sostengo la cabeza con la palma de la mano, de manera que quedamos cara a cara, con el resto del cuerpo apoyado en mi antebrazo. Así, puedo ir vertiéndole la leche amarillenta y espesa desde la jeringuilla a la boca. Se lo traga casi todo, solo se le escapa un hilillo por la comisura de los labios. Al fondo de la habitación, los cristales están empañados. El aire aquí dentro es caliente y húmedo. Mi piel resbala contra la suya. A través de las ranuras de las persianas, veo cómo las gotas de condensación trazan unas líneas limpias sobre el vidrio. Es julio, y una vez más amanece.

Cuando el calostro se acaba, coloco al bebé sobre mi pecho, con las piernas dobladas como las de una rana, la cara vuelta y una mejilla aplastada contra mi seno. Se queda dormido un rato, haciendo la digestión. Yo me esfuerzo por permanecer inmóvil para no despertarlo, escuchando su respiración irregular, entrecortada. Observo cómo la luz se desliza por el techo. A veces, el bebé deja de respirar, como si, después de este brevísimo bocado de vida, ya hubiera cambiado de idea. Esos instantes duran apenas unos segundos, sin duda, pero a mí me pesan como horas. Contengo la respiración, tenso todo el cuerpo, y me concentro solo en la suya. Espero así, luchando en silencio contra las ganas de despertarlo, de recordarle que debe respirar. Cada vez que finalmente sale de sus pulmones ese tenue silbido, me siento tan aliviada que lloro.

Cuando despierta, también llora él. Me enseña lo que significa llorar de verdad: un grito tan grande y desesperado que parte la habitación en dos. En medio de aquel estruendo, me fijo en un óvalo amarillo de leche sobre su lengua rosada. En el hospital descubrí que, si me ponía de pie con su cuerpecillo bien sujeto contra mí y lo zarandeaba con fuerza, dejaba de llorar. En el piso pruebo el mismo truco. Quiero simular el útero. Pero el bebé no se deja engañar. Gime y gime. Reduzco el ritmo del vaivén. Lo sostengo entre los brazos, lo arrullo y me fijo en cómo ese óvalo amarillo tiembla sobre su lengua, los ojos cerrados como un puño. No oigo ni mi propio susurro, lo que significa que él tampoco. Temo que no pare nunca de llorar. Temo que no me lo perdone jamás.

Decido cambiarle el pañal. Lo tumbo en el suelo, con una muselina sobre la colchoneta para que la piel desnuda no toque el plástico frío. Sigue llorando. Sé por qué llora, y no es por el pañal mojado. Llora por otra cosa, algo que yo no puedo darle. En mi torpeza, tiro de una de las tiras adhesivas del pañal nuevo con tanta fuerza que se rompe. Al oír el desgarrón, el bebé se calla. Abre los ojos azul marino, con unos iris espesos como el petróleo, y me mira, ofendido. Luego deja de fruncir el ceño, y en su rostro aparece una mirada de tolerancia tan serena, tan consciente, que me recorre un escalofrío. Está aguardando su momento, lo noto. Ha decidido simplemente esperar.

No soy la madre del bebé, y por eso llora. No tiene palabras para decirme que no soy la adecuada, y sin embargo me lo dice con el cuerpo, con los ojos. Fui ingenua al pensar que, si lo sacaba directamente del útero y lo sujetaba de inmediato sobre mi pecho desnudo, de modo que mi olor fuera su primera bocanada de aire, me tomaría por suya. Me equivoqué al creer que, si me lo llevaba a casa, el tiempo se borraría. En realidad, el piso estaba tal cual lo habíamos dejado: la bañera llena de agua fría y azulada; la ropa de Nim hecha un ovillo en el suelo; la cubitera volcada en el fregadero.

En cuanto llegué con el bebé, cerré las persianas y apagué otra vez las luces, convirtiéndolo en un útero, para dejarlo retroceder, aunque solo fuese un instante. Para fingir, los dos, que ella seguía aquí. Las horas en el hospital habían sido eternas. La mejor parte fueron los cinco minutos justo después del parto: el éxtasis de la vida nueva. Luego se llevaron a Nim para darle puntos, y yo me paseé por los pasillos desangelados con el bebé en brazos, esperando, pensando en todo lo que le diría a Nim en cuanto estuviésemos a solas, cuando hubiera dormido unas horas, cuando todo se calmara. Me resultaba evidente, incluso allí en los pasillos del hospital, que el bebé sabía quién era yo, o más bien quién no era. Lo sabía por el olor, por el gusto: que no era su madre. El bebé es un animal, y no podría embaucarlo, aunque quisiera. Y *claro* que lo había querido, pero eso fue antes. En el momento en que lo conocí, cualquier esperanza de engañarlo se esfumó, y de pronto la verdad me pareció bellísima. Mientras asistía al parto, también yo sentí que me abría.

No sé cuándo me di cuenta de que Nim no iba a volver. Me fui percatando lentamente. No estaba segura de cuánto se tarda en dar unos puntos: ¿quince minutos, media hora? Pasó una hora entera antes de que preguntara a alguien. Las enfermeras creían que Nim se había perdido en el hospital, que quizá la habían devuelto a la habitación equivocada. Entonces me fijé en que la maletita que le había preparado —con ropa de recambio, su cepillo de dientes y su móvil— ya no estaba. Avisé a las enfermeras. El pánico, silencioso, fue extendiéndose a nuestro alrededor. El bebé dormía. Al final revisaron las cámaras, y en ellas se vio a Nim saliendo, caminando por el aparcamiento del hospital. Se había ido con un pantalón de chándal y una sudadera gris hecha trizas, andando todavía a pasitos cortos, con una mancha de sangre en la ceja derecha.

Después vinieron a hacerme un aluvión de preguntas. Primero las enfermeras, luego los médicos, al final la policía. Lo que más recuerdo es el teléfono de Nim sonando sin parar, una y otra vez. Ese timbre regular, repetido, hasta que saltaba el contestador. Le dejé un mensaje en el que intentaba sonar tranquila, recordándole que necesitaba descanso y apoyo, teniendo en cuenta lo poco que hacía que había dado a luz. Otro en el que le decía que la quería, que siempre la había querido, pero que había tardado en darme cuenta. Otro más en el que lloraba tanto que todo lo que decía parecía un galimatías.

A la policía le conté lo que sabía, es decir, que al marcharse Nim estaba intentando cumplir su parte de una promesa. Les dije que podían buscarla si querían, pero que no serviría de mucho.

Nim ya se ha escapado antes, añadí, y se le da bien esconderse.

Me preguntaron por su familia, y mentí diciendo que no sabía nada. Me mostré serena al soltarlo todo. No quería darles un pretexto para pensar que yo no estaba lo bastante estable como para llevarme al bebé. No tenían razón alguna para impedírmelo, puesto que en las notas del embarazo de Nim constaba que yo era su pareja. Aun así, en los rostros de los agentes vi cómo me juzgaban, la manera en que me escaneaban buscando señales de algún defecto.

En cuanto me quedé a solas en la habitación del hospital, acerqué la cara del bebé a la mía. Cerré los ojos y lo olí entero. No lo habían lavado, y su cuero cabelludo, blando como el de un roedor, aún conservaba el olor del interior del cuerpo de Nim. Es cierto que esperaba que el bebé saliera como un extraño, prístino como una Muñeca Repollo. Pensaba que su nacimiento lo borraría todo, que me dejaría como nueva. Pero, en cuanto lo vi, lo reconocí. Su rostro era obvio, y no por eso menos asombroso. Su olor era denso y terroso, a musgo, a alguien que llevaba vivo desde siempre. Sentí que era la única persona que me entendía, allí en aquel hospital helado, después de que Nim desapareciera.

Suplicaba al médico que me dejara llevarme al bebé a casa, en vez de pasar otra noche en el hospital. Estaba convencida de que, si Nim volvía, sería al piso. El médico, consciente de mi situación, y admitiendo que el bebé tenía buen peso, si bien había nacido prematuro, acabó dándome permiso.

Aquí, el bebé se ha resignado a esperar. No puedo culparlo: yo también espero. Quiero desesperadamente que Nim vuelva. Su teléfono no deja de sonar. En el contestador le digo que lo siento, que me he equivocado. Le digo que quiero lo que ella quiera, pero que al menos necesito saber que está a salvo. Le digo que el bebé no solo está sano, sino que es mágico, que percibo en él algo sobrenatural. Después me río un poco, nerviosa. Luego pierdo el control y le pido que regrese. Le ruego. Cuelgo y vuelvo a llamar, para disculparme por el mensaje anterior. Le digo que no me debe nada, que soy consciente de ello. Pero que, si pudiera llamar. Aunque fuera solo para hablar…

CAPÍTULO DOS

Siempre he querido ser madre, desde que tengo uso de razón. De niña no tenía amigos de mi edad. En el colegio prefería jugar a inventarme historias con los más pequeños del patio. Yo era la matrona de un orfanato, o la canguro de una marabunta de niños. A los más chicos les encantaba que alguien mayor les prestara atención; venían corriendo a pedirme que jugara con ellos. Yo les daba palitos y piedrecitas para cenar y luego los metía en la cama del arenero. Me resulta curioso, ahora, que nunca jugara a ser su madre. A los nueve años me gustaba imaginarme como una mujer guapísima de veintitantos, con vaqueros de campana y estrellas en los bolsillos y botas rojas de vaquera. No me parecía posible lucir así después de haber llevado un bebé en el vientre. Quizá, en el fondo, ya sabía que nunca me quedaría embarazada, porque el año en que cumplí seis mi madre sufrió tres abortos seguidos. En mi cabeza de niña, era incapaz de separar la palabra «embarazada» de la imagen de un váter lleno de sangre.

¿Qué era lo que me atraía de los niños pequeños, siendo yo misma aún una niña? Había varias cosas. Me parecían monos, con su pelo ralo, sus mejillas rollizas y mullidas como globos de agua. Yo era corpulenta, de brazos y piernas gruesos, con unos rizos ásperos que se abrían hacia fuera cuando mi madre me los cepillaba. Me enorgullecía de mi caligrafía, y disfrutaba de aficiones que exigían ser meticulosa, como el punto de cruz o colorear dibujos intrincados. Me sentía atraída por cosas y personas que se me antojaban pequeñas y bellas, como una forma de delegar algo fuera de mí. Otra razón por la que me gustaban los bebés y los niños era porque les gustaba yo. Ya entonces entendía que nacemos siendo auténticos y que, con el tiempo, la socialización nos vuelve educados. Por tanto, me parecía obvio que el afecto de los más pequeños tenía un significado mucho más profundo que el de los mayores. Se me daba bien hacer reír a las criaturas, inventar juegos que disfrutaran. Nunca me sentí más popular que cuando cruzaba el patio contoneándome con mis vaqueros imaginarios y una fila de niños siguiéndome como patitos.

Debe decirse que los de mi edad nunca pensaron gran cosa de mí. Era lenta en los deportes y tímida en la conversación, hija única de unos padres sobreprotectores. Quizá por eso mismo, al principio, me fijé en los pequeños: demasiado orgullosa y cohibida para andar detrás de compañeros que no mostraban el más mínimo interés por mí. En casa estaba sola y yo quería sentirme rodeada. Mis padres me querían con locura —me quieren aún—, pero el papel principal que cumplía como hija era necesitarlos, hacerlos sentirse capaces. Me daba cuenta del subidón de energía que tenía mi madre cuando yo enfermaba o tenía una pesadilla. Recuerdo sus manos frías sobre mi rostro ardiente, la taza de leche caliente con canela que me traía en mitad de la noche. Pero yo también necesitaba una oportunidad de demostrar que era capaz, que era alguien que podía dar lo mismo que recibía. Los niños pequeños me permitían asumir ese papel, aunque solo fuera a través de nuestra imaginación compartida, aunque solo fuera por una hora.

Después del colegio, mis padres se inventaban todo tipo de trivialidades solo para poder ejercer de padres conmigo. Que no había bebido suficiente agua ese día; que tenía los isquiotibiales tensos; que era anémica. Se pasaban el día pendientes de mi dieta, de mis horas de sueño. Eso sí, nunca fueron exigentes. Si acaso, tenían expectativas bajas de mí. No requerían nada fuera de lo normal. El problema era que lo normal podía parecer un espacio muy angosto, y ese espacio se fue encogiendo a medida que yo crecía. El amor de mis padres era como una habitación llena de humo y las paredes se estrechaban cada vez más. Sé que nunca pretendieron que yo me sintiera así, y que ser conscientes de ello, por poco que fuera, les dolería. Simplemente, sus identidades —sobre todo la de mi madre, pero también la de mi padre— estaban tan consumidas por el hecho de ser padres que no soportaban que echara a volar. Si yo crecía y dejaba de necesitarlos, ¿qué sería de ellos?

Pero al final me hice adulta. Desesperada por reclamar mi independencia, por demostrar que ya era mayor, me arranqué de cuajo. A los dieciocho, me mudé del suburbio de Portslade a Brighton, y alquilé una habitación en la casa de una pareja joven con una hija. Mis padres habían esperado que fuera a la universidad, pero yo sabía que, de hacerlo, tendría que volver a casa en vacaciones, y eso me quitaba las ganas. No soportaba más ver su gesto preocupado, la forma en que, en las raras ocasiones en que salía de noche, dejaban la puerta de su dormitorio entornada. Al volver, encontraba a mi madre sentada en la cama con las gafas puestas. La luz del color de la miel, su rostro contraído por la preocupación. Mi padre era un bulto bajo las mantas, roncando con un gruñido espeso. Cuando pienso en mi madre, todavía se me aparece así: aguardando siempre despierta, su puerta permanentemente entreabierta, preparada para el momento inevitable en que yo me desplomara fuera de mi propia vida.

En lugar de la universidad, encontré trabajo en una agencia de contratación. Se me antojaba tan aburrido el proceso de buscar trabajo que acepté el primer puesto que me ofrecieron, y ahora mi tarea consistía en buscarles empleo a otros. La monotonía era insufrible, pero me gustaba hablar por teléfono con los candidatos. Me daba valor que nunca me vieran la cara. Los consolaba en sus apuros, les aseguraba que hoy en día era cada vez más común. Fingía un acento más pijo que el mío habitual y, después de colgar, me preguntaba si se imaginaban que tenía más de dieciocho años.

Por las noches pasaba el rato con la niña con la que vivía. Se llamaba Connie. Le había caído en gracia desde el primer momento, como solía pasar con las criaturas. En su caso, no jugaba a hacerme cargo de ella, como sí lo hacía en el patio del colegio. Era adulta, y ya no estaba al mando de la parte más imaginativa. Connie controlaba nuestros juegos, y en ellos me trataba como a una muñeca de tamaño natural. Yo me tumbaba en la alfombra de su habitación y ella me llenaba la cabeza de horquillas, o me pintarrajeaba toda la cara con los rotuladores de punta blanda. A veces me agarraba la barbilla hasta abrirme la boca y me metía cosas dentro. Una canica fría, una moneda que había sacudido de su hucha.

Tómate las pastillas, me susurraba. Tómate las pastillas y estarás bien.

Si intentaba hablar, me mandaba callar de inmediato. No puedes hablar, decía. Estás casi muerta.

A veces, en esas tardes tendida en el suelo con Connie, notaba cómo me rodaban las lágrimas por los lados de mi rostro y me tapaban los oídos, de modo que apenas oía cómo trajinaba por la habitación, recogiendo provisiones para nuestro juego. No sabía por qué lloraba y no me detenía a pensarlo mucho. El llanto me refrescaba de algún modo y con eso bastaba. Era una especie de purga nocturna. Después, los padres de Connie la llamaban para que se cepillara los dientes, y yo bajaba a hervirme unos *tortellini* de dos minutos. Ahora, cuando pienso en mi primera juventud, esos momentos con Connie me parecen de los más felices. Creo que lloraba de alivio, más que de tristeza. Alivio de volver, aunque solo fuera un instante, a un tiempo en el que no tenía agencia, ninguna responsabilidad sobre mí misma. Estar con Connie se parecía a estar con mis padres, en ese sentido. Tumbada en el suelo mientras ella dibujaba sobre mí como si fuera una hoja de papel, podía abandonar la lucha por mi independencia. Podía descansar.

Viví tres años con Connie y sus padres, y otros cinco sola en un estudio alquilado encima de una pollería. En lo esencial, seguía siendo la niña que siempre había sido: esa combinación inútil de orgullo y vergüenza; atraída por la juventud y la belleza; propensa a medir mi éxito en función de lo útil que me sintiera, de lo necesaria que fuera.

Ahora me parece que los adultos no son más que los niños que fueron, que la vida adulta no es tan distinta del patio del colegio. Solo que, claro, las apuestas son más altas.

CAPÍTULO TRES

En la oficina de la agencia de contratación conocí a una mujer llamada Christine. Se iba a casar. Aunque no trataba mucho con ella, me invitó a su despedida de soltera. Yo tenía veintiocho entonces y, a pesar de llevar diez años en el centro de Brighton —una ciudad relativamente pequeña—, no tenía demasiados amigos. Me halagó recibir la invitación. Recuerdo que, de camino a la discoteca, pensé que aquel evento era de algún modo el comienzo de algo. Tendía a pensar así; supongo que la mayoría de los infelices también. Sabía que quería vivir, pero aún no estaba del todo segura de qué significaba eso. Por aquel tiempo veía a mis padres cada vez más. Los visitaba los domingos y alguna que otra vez entre semana. No tenía un lugar mejor al que ir. Mis padres me preguntaban por el trabajo, por mi vida social. Mencionaban conocidos suyos que ya eran abuelos. Intentaban darme dinero, y yo insistía en que no lo necesitaba. Era cierto que tenía ahorros, que lograba apartar una cantidad cada mes para la esperanza lejana de comprarme un piso. Salía de su casa con el estómago lleno, un calor que se expandía bajo la piel de mi rostro y me daba picazón, y con la certeza terrible de que había fracasado, de que volvía a fracasar con cada día que pasaba.

La discoteca donde se celebró la despedida de Christine llevaba abierta menos de un año. Se llamaba Gunk. El local era cutre y popular, con váteres portátiles en la zona de fumadores. Dentro había unas enormes máquinas de humo, de modo que era casi imposible ver a quién tenías al lado, y el aire tenía un olor peculiar de azúcar chamuscado. Cuando llegué aquella noche descubrí que la mitad de la multitud conocía a Christine. Debió de invitar a más de cien personas. Yo había esperado algo más íntimo; había esperado crear algún lazo. En vez de eso, toda la zona de fumadores hablaba de ella. No era nada especial que me hubiera invitado, eso lo tuve claro desde el momento en que llegué.

La dama de honor de Christine, cuyo nombre ya no recuerdo, me ofreció unas setas alucinógenas de una bolsa de plástico azul. Cuando le pregunté para qué eran, se puso roja y volvió a guardarlas en el bolsillo de sus vaqueros.

Tú debes de ser Jules, dijo. ¿La Jules del trabajo?

La gente me veía como una estirada por aquel entonces, y no estaban muy desencaminados. En la oficina les había dicho a todos que me llamaba Jules, aunque en realidad era Julia; nunca antes había usado ese apodo en mi vida.

Más tarde, me enteré de que la despedida de Christine fue una de las pocas noches que se celebraron en Gunk en las que la mayoría de los parroquianos pasaban de los veinticinco. Allí fue donde Christine y su prometido habían intercambiado números por primera vez, años atrás —aunque entonces tenía otro dueño y otro nombre—, y por eso la dama de honor había elegido esa discoteca universitaria como garito para la despedida. El ambiente era relativamente tranquilo aquella noche, mucho menos ruidoso de lo que llegaría a acostumbrarme después. Creo que, si hubiera sido una noche típica de la discoteca, llena de estudiantes buscando pelea y meándose encima, no habría aguantado ni cinco minutos. Además, Leon habría tenido un público más joven con el que flirtear y probablemente no habría reparado en mí.

Tal como fue, nos cruzamos la mirada en la zona de fumadores. Esbozó una sonrisa torcida. No sabía si me consideraba guapa o fea, pero sabía que era una de esas dos opciones, por la manera en que me sostuvo la mirada. Yo tenía la barbilla afilada, unos ojos vivarachos y el pelo cortado a lo *pixie*. El pecho lo bastante grande como para darme dolores de espalda recurrentes. Leon fumaba hachís y me ofreció una calada. Sabía que era mejor no preguntarle qué era después del episodio con la dama de honor. Puse la boca en la boquilla mientras él lo encendía, dejé que el humo me llenara los pulmones. Luego se me humedecieron los ojos, y me costó horrores no toser.

Llevaba una camiseta con un dibujo retorcido que ondulaba sobre su cuerpo enjuto, y tenía un aro fino de polvo blanco alrededor de la fosa nasal izquierda. Era un hombre menudo, de apenas un metro sesenta y cinco, fibroso. Tenía una boca de gatito y unos ojos desquiciados, la mandíbula tan apretada que se le marcaba la articulación del músculo en el hueso. Le pregunté a qué se dedicaba, cuando ya se me había pasado el picor de la garganta. No se me ocurrió nada más ingenioso.

Llevo esta disco, respondió. Este sitio es mío.

No lo creí, pero me gustó que intentara impresionarme. Me metió dentro y le dijo al estudiante de la barra que me pusiera un trago. Había cola, pero nos la saltamos.

¿Qué quieres?, preguntó el estudiante.

Leon pidió un Jägerbomb.

Lo mismo, tartamudeé.

El estudiante preparó las copas. No pidió dinero. El Jägerbomb sabía a jarabe para la tos, y enseguida me emborraché. Había leído en alguna parte que los Jägerbomb podían matarte: aparentemente el alcohol ralentizaba el corazón mientras la bebida energética lo aceleraba, hasta que el cuerpo se confundía tanto que se apagaba. Se lo conté a Leon justo después de que se lo bebiera de un trago. Él se golpeó el pecho con el puño y abrió los dedos para simular una explosión. Me eché a reír y no pude parar. Era intimidante, pero de una forma que me hacía querer estar a su lado. Tenía un aura que yo esperaba que me contagiara. Se inclinó y me besó. No me lo esperaba. Los hipidos de risa se me escapaban desde el fondo de la garganta hasta su boca y temía que creyera que eran eructos. Al cabo de un minuto o así me calmé y los besos fueron a mejor. Su boca sabía dulce y caliente, con un regusto rancio. Después de besarnos, su sonrisa me resultó chillona. Tenía uno de sus dientes frontales ligeramente montado sobre el otro.

¿Cómo va ese corazón?, preguntó.

De cualquier otro habría sonado cursi, pero Leon tenía una manera de salirse con la suya. Entonces me habló de un agujero en su corazón, de cómo casi había muerto siendo un bebé de cuatro meses. Hablaba con tal emoción que parecía que en realidad recordara la operación, con la boca tan pegada a mi oreja que su voz me ardía como un tubo de escape. Por supuesto, me lo tragué.

Más tarde supe que Leon siempre contaba esa historia cuando iba puesto de coca. Con los años, vi a varias chicas emocionarse hasta llorar al imaginar al pequeño Leon conectado a unos tubos. Las chicas alzaban las manos inconscientemente hasta el pecho, como para protegerse.

No lo entiendo, me dijo una vez una de ellas. ¿Tiene literalmente un agujero en el corazón y aun así funciona y todo?

Yo encogí un hombro. Para entonces, Leon y yo llevábamos cuatro años casados.

Discutible, repuse.

En la pista de baile, Leon me agarró de las caderas como si me conociera de hacía al menos una hora. Me di la vuelta para ponerme de espaldas y empecé a restregarme contra su bragueta. No sé de dónde me salió ese movimiento, de algún sitio muy hondo. A veces podía hurgar dentro de mí y sorprenderme con lo que encontraba. Mi atrevimiento lo excitó. Cuando miré por encima del hombro, una sonrisa le torcía el gesto. Me dio vergüenza al principio, y luego me alegró haberlo complacido. Decidí que quería complacerlo para siempre. Era como un perro o un bebé; gustarle era algo químico.

Seguimos bailando. El hachís y el Jäger me tenían en una nube. Sentía un cosquilleo en la parte trasera de los párpados, y cada vez que los cerraba veía millones de chispas rosas. Cuando Leon me invitó a su piso, asentí tan fuerte que pensé que me había dado un latigazo en el cuello. Hundió la cara en mi pelo y me mordió el lóbulo de la oreja. Era un poco más bajo que yo y notaba el esfuerzo que hacía para alcanzarlo.

Caminamos de la mano. Las calles estaban llenas de gente que se tambaleaba de vuelta a casa. En su piso cutre, Leon se arrodilló entre mis piernas y me rodeó el clítoris con la lengua hasta que el orgasmo me trepó como un resplandor. Había ceniceros llenos por todas partes, dos o tres en cada habitación. Me di cuenta de que no le había dicho mi nombre.

Jules, le dije.

Me pidió que me quedara a pasar la noche y nos tumbamos en un colchón tirado en el suelo, sin sábanas. Tenía problemas para dormir, y en un momento sufrió un terror nocturno tan intenso que se despertó gritando, temblando y sudado, con los brazos y las piernas apretados a mí de tal manera que no podía moverme. Era el bajón del chute de polvos que había esnifado aquella noche. La piel estaba húmeda al tacto, desprendía un olor como de melocotón pasado. Le sequé la frente con mi camiseta hecha una bola, le pasé los dedos por el pelo grasiento y lo arrullé hasta que volvió a dormirse.

Por la mañana estaba tan dormido que parecía muerto. Le dejé mi número escrito en un papel de fumar Rizla y me marché.

CAPÍTULO CUATRO

L eon llamó una semana después. Al oír su voz al otro lado del teléfono, me quedé pasmada. Para nuestra primera cita fuimos al cine. Por el camino compró un paquete de seis cervezas y escondió las latas en los bolsillos de mi abrigo de plumas, y hasta un par en la capucha. Yo estaba nerviosa por si el taquillero se daba cuenta y me prohibía el acceso, pero a nadie parecía importarle.

En el puesto de chucherías, Leon echó en una bolsa de papel muchos más melocotones de gominola de los que podíamos comer durante una película.

No hay nada como los melocotones, dijo. Las demás no sirven para nada.

Yo me asomé a las bandejas de plástico.

¿Y las chocolatinas Jazzles?, propuse.

Leon echó un cazo.

Cierto. Las Jazzles tienen estilo.

Cumplidos como ese podían dejarme noqueada, viniendo de él. Tenía que morderme el labio para que no se me escapara una sonrisa.

Una vez dentro de la sala, creo que Leon no probó un solo dulce. Se quedó dormido y se perdió la primera mitad de la peli, roncando tan fuerte que tuve que irle moviendo la cara de lado a lado para que callara. Cuando por fin se despertó, estaba cachondo. Empezó a morderme el cuello y a sobarme las tetas.

Al final nos metimos en el baño de minusválidos a follar. Al principio no podía ponerme a tono —allí hacía frío y olía a lejía—, pero al final entré en calor. Las barras de apoyo venían de perlas para agarrarse. Cuando lo besaba, notaba en mis dientes la capa de pelusa que había dejado el azúcar. Después me vestí rápido, y nos pimplamos un par de birras. Llamaron a la puerta, y al abrir nos encontramos a un crío de nueve o diez años en silla de ruedas y a una mujer de mediana edad con un cordón de identificación al cuello. Al salir de allí avergonzados, bajo la luz cegadora del pasillo, la mujer nos miró con asco. Yo todavía llevaba la bolsa de chuches y, con un sentimiento de culpa, la dejé en el regazo del niño.

Leon me besó con ganas fuera del cine, con la mano en mi nuca, mientras los coches que pasaban nos iluminaban con sus faros.

Creo que te quiero, soltó.

Se reía, como si fuera una broma. Yo pensé que seguramente lo era, porque apenas nos conocíamos. Aun así, lo dejé flotar en el aire entre nosotros y me calentó por dentro. Era invierno, había placas de hielo negro en la carretera.

No volví a ver a Leon en un año. Le llamé varias veces, sin recibir respuesta. Algunos días no me importaba; me repetía que era afortunada de haber disfrutado de esos pedacitos de él. Al final, reuní el valor y me planté en Gunk, crucé la sala y le dije hola. No recordaba mi nombre, pero cuando se lo recordé me puso la mano en la boca y me rozó muy suavemente el labio inferior con el pulgar, como quitando una pelusa invisible. Me dijo que me había echado de menos.

La idea de casarnos fue de Leon. Para entonces, llevábamos de pareja poco menos de seis meses y tres viviendo juntos. Yo había aprendido que Leon era así: no tenía la capacidad de esperar, de considerar las cosas. Si lo hacía, solo se distraía. Había una lógica retorcida, pero lógica, al fin y al cabo. Se movía solo por sus deseos, que podían asaltarle en cualquier momento. Se había hecho con la discoteca por un arrebato, con el apoyo ciego de su madre, después de que fracasara en su intento de ser DJ. Cuando lo conocí, ya casi había hundido el local. Me pidió ayuda y, como a mí me encantaba sentirme imprescindible, dejé mi trabajo en la agencia de contratación y me puse de encargada de la barra. Me sorprendió lo mucho que me gustaba. Se me daba bien, no me despistaban todos los follones que pasaban en un sitio así. Bajo mi mando, el negocio por fin empezó a dar beneficios.

Leon iba borracho cuando me pidió matrimonio, apoyado en la pared de fuera de la discoteca, con una de sus zapatillas mugrientas cruzada sobre la otra. Reservó cita en el registro civil allí mismo, con el móvil en la mano, muerto de la risa.

Claro que hablo en serio, dijo. ¿Tú me has visto a mí?

Había seis semanas de espera. Pasamos ese tiempo trabajando en el local, comiendo bolsas de patatas fritas en la cama —que seguía siendo un colchón en el suelo— y viendo en bucle los mismos capítulos de *The Office*. Yo no pillaba mucho la gracia —aquella gente me parecía normal—, pero me reía siempre que lo hacía él. Para mi sorpresa, cuando llegó el día, aparecimos en el registro. Tomamos el bus: Leon con su chupa de cuero, yo con unas medias con carreras y una minifalda de cuadros. Era 2012 en Brighton y así se vestía la gente. Nuestros testigos fueron dos empleados del local: Carlos, el portero, y Dana, la mujer que fregaba los váteres portátiles. Recuerdo que Carlos, en particular, tenía una mirada triste, casi de disculpa. No me molesté en avisar a mis padres de que me casaba con Leon. No me parecía real, solo una broma que nos gastábamos a nosotros mismos.

¿Caga el oso en el monte?, respondió Leon, cuando el funcionario le preguntó si quería tomarme por esposa.

Yo me reí a carcajadas. Le di un manotazo juguetón en el brazo. Pensé que estaba siendo romántico, lo juro.

Después fuimos al *pub* y pedimos una pinta de Guinness cada uno. Me senté enfrente de Leon en el jardín de la cervecería. Sostenía un ramo del súper —rosas con los bordes ya marrones— y fumaba un puro. Tenía la mandíbula tan afilada que se podía cortar el aire con ella. Entonces me sentí afortunada. Notaba que por fin estaba haciendo eso que llaman vivir. Al salir del *pub*, me colgué de su brazo, temerosa de que, si no, se me escapara flotando.

Pasamos la luna de miel en el Lake District, en una casita diminuta, viendo la lluvia chorrear por los cristales. Yo encendí un fuego con troncos que encontré en el cobertizo, y Leon se sentó junto a él y derritió un cartón de leche de plástico hasta llenarlo todo de humo negro. Tomamos LSD y nos tumbamos en lo alto de una colina verde. Yo pasé todo el viaje intentando convencer a Leon de que la sensación de cosquilleo en su piel no eran las patas de una colonia infinita de arañas, sino solo el roce de la hierba. Le sujeté la cabeza entre los brazos y le acaricié la frente, como la primera vez que nos vimos. Ese día fui bastante feliz; me gustaba ver su cuerpo encogido como una cochinilla, me gustaba poder darle consuelo. Esa tarde, cuando el LSD se pasó, descubrí que tenía una constelación de picaduras de insecto por toda mi espalda. Me picaban a rabiar.

CAPÍTULO CINCO

Al principio de mi matrimonio con Leon, me obsesionaba imaginar cómo sería nuestro hijo cuando llegara. El día que Leon me presentó a su madre, pasamos horas viendo cintas suyas de niño. Rita vivía sola en un piso oscuro, lleno de polipiel blanco y lámparas de cristal, con la nevera cubierta de imanes chillones. Fumaba como un carretero, se depilaba las cejas hasta dejarlas como un hilo y se pintaba lunares con lápiz. Había sido modelo de joven y me enseñó un reportaje de los ochenta en el que salía en patines, con la melena cardada. Me enseñó otro en el que aparecía desnuda salvo por una chaqueta de borreguillo, un tanga negro y unas gafas de esquí. Miré a Leon buscando señales de que se sentía avergonzado y no encontré ninguna. Rita aún conservaba un aire de celebridad, a pesar de su piso minúsculo y con olor a rancio. Se notaba que estaba acostumbrada a que la miraran.

Leon llevaba meses hablando de presentármela, pero Rita solía estar de viaje. Se pasaba largos fines de semana en Lisboa y en Roma. Yo me la imaginaba sentada en las plazas, bebiendo café, esperando ligar con algún hombre del lugar. A Leon le mandaba una postal de cada viaje, con un beso de pintalabios en lugar de una firma. A mí me parecía asqueroso, casi obsceno, aunque también entendía que tenía su punto glamuroso, que insinuaba una frontera difusa, una juventud que mis padres jamás habrían sabido encarnar. Rita no había tenido una relación seria desde que Leon era pequeño, cuando rompió su compromiso porque su hijo, con solo cinco años, se negó a dejar entrar al hombre en casa. Leon casi se había muerto de bebé, por el agujero en el corazón, y desde entonces había sido un niño enfermizo. Sin duda esa fue la razón de que Rita lo malcriara. Nunca habría elegido a alguien que su hijo no aprobara, y eso significaba quedarse sola.

Leon es mi niño número uno, me dijo orgullosa aquel primer día. Mientras él lo sepa, yo soy feliz. No necesito nada más.

Montó un proyector en el salón para los vídeos caseros. La mayoría eran de cuando Leon tenía doce o trece años; supuse que entonces habría comprado la cámara, y en ellos Leon era ocurrente y guapísimo, el tipo de niño que la gente imagina que un día se hará famoso. A veces filmaba él, otras lo filmaban a él. Yo miraba encantada, porque en aquel momento estaba embelesada con Leon, y por tanto embelesada con el niño que había sido, que no parecía muy distinto del niño que un día me daría. El vídeo que mejor recuerdo mostraba a Leon grabando a Rita en lo que había sido su cocina.

Aquí está mi madre, anunciaba, con la cámara temblándole en las manos y el *zoom* chirriando al acercar su cara en el encuadre.

Ella estaba de pie delante de la nevera, decorada con la misma colección de imanes que aún conservaba, reunidos de su trabajo de modelo en el extranjero.

No tan cerca, decía Rita, riendo. Por favor, Leon, no tan cerca.

Él seguía ampliando, hasta que un momento solo se veía el ojo izquierdo de Rita, luego el arco de Cupido, ambos perdiendo foco y convirtiéndose en píxeles.

Eres guapa, decía Leon con la voz aún intacta, abriéndose paso a través del desenfoque. ¿A que es guapa? Vamos, todo el mundo, decidle que es guapa.

Al ver ese vídeo, comprendí que el Leon que conocía ya estaba ahí, en ese niño, completamente formado. Con doce años era a la vez encantador y exasperante, incapaz de escuchar o seguir instrucciones, y aun así lograba complacer a su madre, cuya risa coqueta sonaba de fondo, pese a que él ignoraba una y otra vez sus deseos. Era bello y descarado, y malo con ello. Le encantaba ser el centro de atención, fuera como fuese: positiva o negativa, daba igual, con tal de que alguien, quien fuera, pensara en él. Leon tenía el don de dar la impresión, en una sala llena de gente, de que eras tú la elegida. Su problema era la duración, la resistencia. Había en él algo intranquilo, lo vi de inmediato: un zumbido continuo que lo aburría de todo enseguida, también de las personas.

Al principio, esa inquietud no me desanimó, al contrario. Me excitaba. Yo huía de la convencionalidad, de la presión de la trayectoria. Mis padres pensaban que pedían lo mínimo: que buscara una vida feliz, segura y normal. Pero resultaba que eso no era nada fácil de conseguir, y en algún momento me había doblegado a la presión. Así que me casé con Leon, un hombre al que amaba con cautela. Desde el comienzo pasé por alto sus ausencias regulares, su costumbre de no descolgar el teléfono y reaparecer después, semanas más tarde, sin ninguna explicación. Vivía pendiente de cada cumplido, celebraba cada mensaje. Me dejaba desmadejar por uno solo de sus guiños.

Ahora que lo miro en retrospectiva, veo que nuestro matrimonio no fue en realidad una unión, sino un matrimonio de individualidades. De él aceptaba que no hubiera compromiso, ni consideración, ni cuidado real. Y él tampoco me pedía demasiado. Yo me concentraba en el trabajo; ponía casi todo mi tiempo y mi energía en la discoteca. Nunca me fue fiel más de un mes seguido, pero tardé seis años en dejarlo. Pensaba que estar casada era más fácil que estar soltera. Desde luego, era más barato vivir como una media naranja. Además, y pese a todo, yo quería un hijo. Ya entonces veía lo deprimentes que eran ambas razones, lo poco revolucionarias. Quizá me habían adiestrado, como mujer, para esperar muy poco de los hombres, para dar más de mí en una relación que mi pareja, para ver el matrimonio como una prueba de resistencia más que como una manera mutua y valiosa de compartir la vida. Pero, al mismo tiempo, yo había buscado el desmadre, ansiaba libertad, había invitado al caos. Estaba decidida a asegurarme una historia distinta a la de mi madre. Es cierto que no era ninguna revolucionaria. Era demasiado débil para reinventarme una vida, para derrumbar las estructuras que me habían puesto delante, para desmontar del todo la arquitectura.

Demasiado asustada incluso para ir al médico a hacerme pruebas cuando no me quedaba embarazada. Sabía que, si me confirmaban la infertilidad, tendría que replantearme mi camino hacia la maternidad, y me aterraba. Algo del ansia de normalidad de mis padres vivía en mí y se negaba a morir. Durante años, la llegada de la regla me caía como un ladrillo en el pecho, y me pasaba el día entero con la sensación de que me faltaba el aire.

CAPÍTULO SEIS

Después de divorciarme de Leon, seguimos viéndonos casi todas las noches en la discoteca. Allí me dejaba la piel trabajando mientras él se pavoneaba con sus vaqueros pitillo, sus mugrientas Converse blancas, llenas de garabatos de bolígrafo, y ofreciendo rayas de coca a las estudiantes que le hacían tilín. O bien se largaba a casa al final de la noche con alguna de ellas, o acababa dormido en un rincón húmedo, donde despertaba después bajo un abrigo prestado de un desconocido. Para entonces, cuando miraba a Leon, casi no sentía nada: toda la rabia, el dolor y el amor se habían extinguido. Estar casada con él me había agotado tanto que ya no quedaba nada en mí.

Había soltado a Leon, pero seguía aferrada al sueño de la maternidad. Miré opciones de adopción y fecundación *in vitro*, pero ambas me parecieron inviables: horas y horas de papeleos, miles de libras, inyecciones, entrevistas y vuelos por medio continente. A mi alrededor, la gente se quedaba embarazada por accidente. En el bus oía historias de anticonceptivos fallidos, de mujeres que habían concebido durante unas vacaciones románticas con hombres casados. Yo quería que me pasara eso. Quería un descuido. ¿Por qué tenía que luchar tanto por un hijo, y encima sola? Había entregado seis años a un matrimonio defectuoso y salía con las manos vacías. Aquella injusticia me carcomía. Mi única esperanza era la discoteca, el único sitio al que iba con regularidad aparte del piso. Allí, pensaba, podía toparme con un hombre que me llevara a su casa y no se molestara en usar preservativo. No era una idea tan descabellada y, aunque sospechaba que no podía concebir, no había pruebas médicas que lo confirmaran. Al final no ocurrió exactamente así. Pero tampoco se alejó demasiado.

Cuando cierro los ojos, todavía puedo ver a Nim en la discoteca, igual que la noche en que nos conocimos. Está conmigo detrás de la barra, con las botellas alineadas detrás de su cabeza, el pelo rapado, aterciopelado, y la boca grande, húmeda, risueña, absorbiendo toda la luz de aquel cuarto húmedo lleno de flashes. Ahora abro los ojos y veo a su hijo en mis brazos. Si Nim no regresa nunca, si logra desaparecer para siempre, le describiré así a su madre cuando sea lo bastante mayor para entenderlo, para que pueda imaginársela como era entonces, antes de todo. Para que se mire al espejo y reconozca, a retazos, a la mujer de la que vino.

El piso que alquilo está a dos manzanas del local, junto al paseo marítimo, con vistas a una explanada de hormigón en forma de riñón donde en verano aparcan los autocares turísticos. Es el lugar más cómodo en el que he vivido. Con Leon no era muy distinto de vivir como una okupa: todo roto y pringoso, los muebles recogidos de la calle, y una ventana que nunca cerraba, dejando pasar durante todo el invierno una corriente de aire helado del mar. Mi piso actual es grande para una sola persona, con techos altos y persianas de madera que trazan rayas doradas de luz. Tengo alfombras por el suelo, y mantas tiradas sobre el sofá. Mi madre me regaló una monstera, y cada semana le paso un trapo a las hojas verdes en forma de corazón para que reluzcan. Ahora también hay una hamaca de bebé en el suelo, una manta de juegos con muñecos colgantes y una muselina del tamaño de un portátil. Resulta que soy muy casera, siempre que me guste la casa.

Cuando me fui del piso de Leon, entendí lo importante que era vivir en un sitio que fuera radicalmente distinto a la discoteca. Había pasado demasiados años entre el apartamento de Leon y Gunk, dos lugares donde las suelas de los zapatos se quedaban pegadas al suelo a cada paso, donde todas las superficies estaban salpicadas de tabaco y restos de hierba, donde cada desagüe apestaba a huevo podrido y cada váter, a meados. La cutrez era el signo distintivo del local. Al fin y al cabo, se llamaba Gunk, es decir, «porquería», y a los clientes les dábamos lo que pedían. O al menos esa era la imagen que a Leon le gustaba vender. En realidad, el deterioro del local no se debía a una elección estética, sino a la falta de dinero. La mitad de las ventanas estaban rotas y tapadas con cartón, así que dentro a menudo hacía un frío polar. Tras la cabina del DJ había una maraña de cables a la que yo no me acercaba por miedo a electrocutarme. Las tablas del suelo estaban podridas y el yeso de las paredes se desconchaba como si fuera arena. En la pista, los clientes bailaban con los abrigos puestos, meneándose para entrar en calor. Era una suerte que la discoteca solo abriera de noche: nos salvábamos gracias a la oscuridad estroboscópica, que escondía los peligros, y a

41

los altavoces atronadores, que tapaban el sonido de las ratas que roían tras las paredes.

Muchos de los estudiantes que frecuentaban el local eran de familias adineradas. Supongo que los que no lo eran tenían menos probabilidad de pasar las noches despilfarrando la pasta de sus padres. Yo los escuchaba en la zona de fumadores, hablando de políticas de izquierdas, y luego me enteraba de que sus padres eran diputados conservadores. Les echaba el ojo, en ese sentido. Tenía mis favoritos, los que siempre conseguían llamar mi atención. Estaban en esa etapa de la vida en que uno busca ser rebelde, antes de que el agotamiento lo vuelva débil o el estrés, codicioso. De momento aún tenían energía. Creían en cosas como el horóscopo. Odiaban a la policía, odiaban los combustibles fósiles, odiaban el capitalismo. Para ellos, la discoteca era la antítesis de todo eso. El desmadre, para ellos, era un signo de anarquía. Claro que también ayudaba que les pareciera divertido colocarse y bailar, que tuvieran dinero para pagar la entrada, una pastilla y un par de chupitos de tequila. Gunk era un negocio, por mucho que Leon intentara disimularlo.

El propio Leon era otro de los peligros del local, otro símbolo de transgresión. Que te vieran con el gerente —mayor, pasado de coca, inquietantemente atractivo—, con su pulgar huesudo enganchado al cinturón de tus vaqueros y su lengua gris metida en tu oreja, te daba un aire asqueroso y gamberro. Y era justo esa clase de conducta la que los estudiantes ansiaban, la que los llevaba allí en primer lugar. Puede que Leon estuviera ciego para muchas cosas, pero para eso no lo estaba. Él mismo eligió el nombre del garito. Fue él quien contrató a las estudiantes para la barra, y solo contrataba a las que le gustaban. Incluso cuando estábamos casados. Especialmente cuando estábamos casados, de hecho. Era su manera de tenerlas cerca.

Quien trabajara conmigo pronto se daba cuenta de que Leon no movía un dedo. A veces alguien hacía un comentario al respecto, aunque siempre con un dejo bromista. A Leon lo llamaban a menudo «príncipe» o «figurín», apodos que él tomaba como elogios. Yo no me metía en a quién contratara, mientras aparecieran todas las noches que les tocaba y no se largaran demasiado pronto, como solían hacer los estudiantes. La mayoría llegaba a la ciudad con ganas de trabajar, pero perdían fuelle tras el primer trimestre. No era fácil estudiar, salir de juerga y mantener un empleo al mismo tiempo, sobre todo para chavales que habían crecido con piscina propia, con caballerizas propias.

Leon tenía un tipo que yo reconocía a kilómetros: carnoso y empalagoso, como las cerezas del fondo de la bolsa. Yo misma había sido así, aunque no lo supiera, cuando lo conocí. Nim, sin embargo, no me pareció una de sus elecciones habituales. La vi por primera vez hacia las diez, cuando la discoteca empezaba a llenarse. Era a principios de invierno. Ella lo seguía por la pista hasta la barra, donde me encontraba yo. Era mucho más alta que Leon; delgada y larguirucha como una planta a la que no le ha dado mucho el sol. Caminaba con un vaivén extraño, como si acabara de pegar el estirón de golpe. Supuse que podía ser así, ya que tenía solo dieciocho años.

Jules, dijo Leon. Esta es Nim. Va a empezar en la barra.

Nim levantó los ojos hacia mí. Al principio mostró una timidez fugaz que tomé por una actitud pasota, pero también tenía eso: una actitud, una dureza que me inquietó.

Hola, la saludé.

Sin sonreír, me guiñó un ojo. Aquel guiño me pareció excesivo, casi conspirativo, y la seguridad repentina con que lo hizo me puso en guardia. Nim y yo no éramos compañeras: yo era su jefa, ella mi empleada, y quería que eso le quedara claro desde el principio. Lancé una mirada a Leon, para mostrarle mis dudas. Estaba acostumbrada a las chicas Disney de buenos modales, que eran su principal debilidad: torpes cotorras que hacían todo lo que yo mandaba durante dos meses, y luego dimitían sin previo aviso porque tenían un trabajo de la universidad por entregar. Me daba igual si se acostaban con Leon o no. Algunas lo hacían, otras no. Y, cuando lo hacían, aquello duraba unas semanas, no más. Solo buscaban darse un gustazo rebelde, hacer algo que sabían que horrorizaría a sus padres. Apenas lo veía un riesgo: pocas posibilidades de daño real.

Nim, en cambio, era más difícil de descifrar. No podía mirarla y adivinar cómo se desarrollarían los próximos meses, como sí había aprendido a hacer con las otras. Ni siquiera sabía si a Leon le gustaba. Me parecía tan distinta de su tipo habitual. No había química entre ellos que yo pudiera percibir. Aun así, era guapísima. Eso no podía negarlo. Tenía una belleza rara, improbable: la clase de belleza que crece dentro de ti, trepando, y de repente te suelta una bofetada. El rapado le daba un aire sobrecogedor. El guiño que me había lanzado me pareció casi de flirteo, aunque no estuviera segura.

CAPÍTULO SIETE

L o primero que pensé al enseñarle a Nim sus tareas fue que no necesitaba que le enseñara nada. Servía un chupito como no había visto en mi vida. Recuerdo el vodka cayendo desde la botella: cómo alzaba el cuello por encima del hombro, calculando tan bien la distancia que, al cortar el chorro y enderezar la botella, la última gota caía en el centro del vaso como una perla de rocío en un estanque. Se formaban ondas diminutas que rebotaban bajo los flashes azules. Le pregunté si había trabajado antes en un bar, y me dijo que sí.

Empecé en el *pub* que había al final de mi calle cuando tenía catorce.

Eso no puede ser verdad, dije. No es legal.

Nim solo se encogió de hombros, como si le diera igual que yo la creyera o no.

Parecía mayor de lo que era, añadió. Y necesitábamos el dinero.

Llevaba una sudadera con cremallera y unos aros minúsculos amontonados en las orejas, del color de la plata barata ya oxidada. Su cabeza rapada era suave, casi como la de un feto, y tenía una cicatriz pequeña, como la huella de un dedo, justo detrás de la oreja izquierda, donde no le crecía el pelo. Me convencí de que decía la verdad sobre el *pub*. No había rastro de risa en su voz, ni ganas de causar impresión. Sirvió otro chupito, para que brindáramos, y nos lo tragamos de golpe. Yo no bebía en el trabajo normalmente, pero tenía por costumbre permitir al nuevo empleado tomarse el primer trago que servía. Había notado que el alcohol los soltaba, les estimulaba la confianza. Además, me gustaba dar la impresión de ser generosa. Esperaba ganármelos así.

Le pregunté a Nim dónde había crecido. Me dijo que en las Midlands, aunque no precisó dónde exactamente. Solo entonces noté el deje en el acento. Le pregunté si había venido a Brighton a estudiar, y negó con la cabeza.

No soy estudiante.

Eso también me cuadraba. No era solo su acento, sino su forma de hablar. No había aprendido a sentar cátedra, a parlotear. Eso era lo que en realidad estudiaban en la universidad, estaba segura: cómo parecer listos, lo fueran o no. Yo me sentía arrogante por no haberme sacado un título, y en secreto prefería a la gente que tampoco lo tenía. Quería que los nuestros nos levantáramos y tomáramos el mando. A la alternativa —es decir, a lo mío— la llamaba la Universidad de la Vida.

¿Y qué has venido a buscar en Brighton, entonces?

Me subí a un tren al sur, respondió. Y hasta aquí se puede llegar.

Ya… ¿y cuándo llegaste?

Hace un par de meses.

Sin pedirme permiso, llenó su vaso de nuevo y el mío también. Ahí estaba otra vez ese descaro, esa confianza repentina. Su técnica lo irradiaba: la altura a la que levantaba la botella de vodka habría resultado una fanfarronería en cualquiera, una extravagancia, pero Nim lo hacía con tanta soltura, con una facilidad tan rítmica, que servir a esa distancia lo convertía en algo natural. Eché un vistazo a nuestros segundos chupitos. Eso de que mis empleados se sirvieran solos no lo consentía nunca, pero esa noche lo dejé pasar. Yo me tomé el mío y Nim el suyo.

¿Vuelves mucho a casa?, pregunté.

Ella negó con la cabeza.

Esta es mi casa ahora.

Apuesto a que tus padres te echan de menos.

Nim me clavó los ojos, un fogonazo en la oscuridad. La boca completamente recta.

Tú no sabes nada de ellos.

Casi me eché atrás de golpe; aquella mirada era como un puñal. Noté una sensación pegajosa en la boca, como si no tuviera dientes. Yo solía reírme de los estudiantes y de cómo disimulaban a duras penas su privilegio, cómo se ensuciaban adrede las zapatillas nuevas y se comían las tes a final de palabra a propósito, y sin embargo yo misma había crecido en los suburbios, hija única de dos de las personas más plácidas y atentas que jamás he conocido.

Tan rápido como había llegado, la expresión arisca de Nim se desvaneció, y pareció que me había perdonado.

¿Y tú cuánto llevas aquí currando?, preguntó.

Me encogí de hombros, aunque sabía la respuesta exacta.

Un tiempo.

¿Y te gusta?

Volví a encogerme de hombros.

Es mi vida, sin más.

Nim se rio.

Bonito, dijo. Inspirador.

Bueno, ¿y tú qué quieres hacer a la larga?

Deslizó la mirada por la pista de baile.

Algo así me vale. Me gusta no tener que madrugar, y me gusta dejar el trabajo atrás al volver a casa. Básicamente quiero aparecer y que me paguen.

¿Y cómo piensas hacerte asquerosamente rica así?, pregunté.

Nim sonrió con malicia.

Robando la caja cuando te des la vuelta.

Apenas guardábamos nada en la caja, porque ya casi todo el mundo pagaba con tarjeta. Aun así, intenté poner cara seria. No quería darle ideas. Fue inútil. La sonrisa de Nim era contagiosa, y enseguida sonreí yo también. Los chupitos me habían relajado, y me rendí fácilmente. Me gustaba la compañía de esa chica; empezaba a entenderlo. Saqué una cerveza de la nevera para mí. Le ofrecí otra a Nim, y aceptó. Destapé ambas con el abridor atado con un cordel al tirador de un cajón.

El volumen de la música subió. Nim acompañaba el ritmo con los hombros y meneaba la cabeza. La noche pintaba movida: ya se acumulaba gente en la barra. Le di un trago a mi cerveza y repartí latas de Strongbow Dark Fruit a chavales que ya tenían la mandíbula desencajada. Nim tecleaba dígitos en el datáfono y se lo plantaba delante con brazo experto. A pesar de ser una noche ajetreada, ese turno fue de los más fluidos que había trabajado nunca. La fila en la barra no superó nunca las dos o tres personas y, aunque Nim iba a toda pastilla, no perdía la calma ni el buen humor. Mantenía un trato ágil con los clientes, inclinándose sobre la barra para que le gritaran las órdenes al oído, y les deslizaba las latas por el mármol falso como si estuviera en una partida de hockey de aire. Nim daba sorbos a sus cervezas, balanceaba el datáfono y servía un chupito tras otro con la técnica extravagante de siempre.

CAPÍTULO OCHO

Trabajamos sin parar durante seis horas, bebiendo todo el tiempo. Yo estaba encendida por el alcohol, casi eléctrica. Cuando la música se apagó, pensé que se había estropeado el equipo de sonido. No fue hasta que las luces del techo parpadearon y los clientes empezaron a desfilar hacia la salida que caí en la cuenta de que ya había llegado el final de la noche. Carlos, el portero, entró a recoger a los últimos rezagados. Llevaba un abrigo enorme, un gorro de lana y hasta manoplas, después de pasarse la noche entera en la calle. Las luces eran demasiado brillantes, un poco cegadoras, y revelaban todos los mecheros caídos, los aros perdidos y las bolsitas vacías esparcidas por el suelo pisoteado.

Pues mira, una manera de echar a la gente, dijo Nim, entornando los ojos ante aquella lúgubre extensión. Rociaba la barra con el limpiador y pasaba un trapo. Le noté un salpicado de rímel bajo los ojos, los puntos negros mezclados con las pecas de la nariz.

Tienes cara de cansada, le solté.

Gracias, dijo con sarcasmo. Qué detalle.

Solo quiero decir que ha sido una noche larga. Pero lo has hecho muy bien. Gracias.

Nim me sostuvo la mirada un rato. Sentí, ante aquel gesto, como si llevara años sin mirar de verdad a alguien a los ojos.

Vamos a desayunar, propuso.

Son las cuatro de la mañana.

Nim ya se estaba subiendo la cremallera del abrigo.

Vale. ¿Y qué tocaría ahora entonces? ¿Cena?

Tengo que irme a casa.

¿Y no comes?

Comeré al levantarme.

Para entonces ya no será desayuno. Será la hora de la comida, como mínimo. Anda, que conozco un sitio en el paseo que abre toda la noche.

¿Me vas a llevar al Buddie's?

Sonrió.

Se me olvidaba que eres de aquí.

Nim había agarrado mi abrigo del perchero y me lo sostenía abierto para que metiera los brazos. Me agradaba que Leon no hubiera aparecido para reclamarla, como solía hacer al acabar la noche con las chicas que contrataba. Justo al pensarlo, apareció. Leon tenía el don de plantarse siempre cuando menos falta hacía y de no presentarse jamás cuando se lo esperaba. Entró por la puerta principal tambaleándose, con un cigarrillo de liar apagado colgándole del labio. Desde la farola que alumbraba la zona de fumadores le caía un resplandor amarillento sobre el rostro demacrado, que parecía casi angelical, fantasmagórico. Pero al avanzar por el pasillo y entrar en la sala principal, la luz del techo lo mostró tal cual era: enfermizo, con unas ojeras tremendas. Se acercó, con las manos enfundadas en los bolsillos, y se dejó caer sobre la barra. Rescató un mechero de lo hondo de un bolsillo, lo encendió y empezó a fumar. Nim y yo estábamos al otro lado, ya con los abrigos puestos, esperando su siguiente jugada.

Chicas, dijo. Iba hasta las cejas; se le notaba en cómo pronunciaba esa única palabra. Intentó mirarme, pero no lograba enfocar. Pasó la vista nublada a Nim. Se te da de perlas, farfulló.

La mirada de Nim se heló.

Tengo cinco años de experiencia, replicó. Ya viste mi currículum.

Leon arqueó las cejas, con una sonrisilla, como sorprendido de que alguien pensara que él alguna vez había leído un currículum.

Vale, dijo. Solo intentaba echarte un piropo. ¿Ya eres toda una profesional, entonces?

Nim resopló. A mí me quedaba claro lo que había pasado: había flirteado con Leon para entrar en el curro, y ahora que tenía el puesto y había demostrado su valía, la cosa se había enfriado. Una historia más vieja que Matusalén. Leon nos miró a las dos y pareció reparar por fin en nuestros abrigos.

Vaya, parece que os lleváis bien. Os vais juntas, ¿eh?

Puse los ojos en blanco. Era tan previsible que resultaba ridículo. En vez de aceptar que Nim no quería acostarse con él, Leon prefería imaginar que yo le había comido la cabeza por despecho.

Ten cuidado, le dijo a Nim. Esta es más fría que el hielo. Te parte el corazón en dos si le dejas.

A Nim pareció gustarle aquello. Me miró, insinuando una sonrisa.

Suena a cotilleo, dijo.

Negué con la cabeza, más para mí que para ninguno de los dos. Ese hombre habría reescrito toda la historia, borracho como una cuba, con tal de impresionar a una chica que acababa de conocer.

Anda, vamos, dije. Leon, tú puedes cerrar. Eres capaz de eso, ¿no?

Nim y yo salimos del local a paso firme, dejando a Leon encorvado sobre la barra, redactando un mensaje en el móvil.

Revisa la ortografía antes de mandarlo, le grité desde la puerta. Sobre todo si es para tu madre. No la angusties, Leon.

Ojalá fuera para mi madre, gritó él de vuelta.

Ojalá, de hecho.

Nim y yo nos fuimos. El viento era cortante. Mientras me abotonaba el abrigo, repasé con la mirada la zona de fumadores: los dos váteres portátiles, encadenados a la valla metálica del rincón; la silla de plástico de Carlos, recogida junto a la salida; y bajo mis pies, la grava crujiente, compuesta ya en un sesenta por ciento de colillas. Todo en su sitio.

¿Y eso qué ha sido?, preguntó Nim.

¿Con Leon? Llevamos cinco años divorciados. Es un cabrón, por si no lo habías notado.

Nim soltó una carcajada.

Cualquiera lo notaría, dijo.

Te sorprendería.

CAPÍTULO NUEVE

Buddie's, una cafetería grasienta del paseo marítimo abierta las veinticuatro horas, estaba a rebosar de fiesteros y taxistas, todos sentados en mesas de manteles de cuadros rojos y blancos, engullendo champiñones fritos, pan frito y tiras de beicon. Nim y yo pedimos té y bocadillos de huevo frito y nos sentamos en un rincón, encogidas sobre las tazas humeantes para entrar en calor. Aún tenía la sal pegada en los labios del trayecto hasta allí, arrastrada por el viento que rugía en el paseo. Caminamos dobladas contra él, con los abrigos ondeando detrás como velas. No se oía nada con el bramido del aire y las olas que se estrellaban contra los guijarros, y ni ella ni yo intentamos hablar. Solo nos mirábamos de reojo, tímidas, cada vez que pasábamos bajo la luz de una farola. No había notado la timidez entre nosotras hasta entonces y, sin embargo, cuando me senté frente a Nim en Buddie's, me vi incapaz de abrir la boca. Ella también guardaba silencio. Miramos los menús con gesto serio y luego me levanté yo a pedir. Supuse que estábamos cansadas, por fin, o recobrando la sobriedad.

Cuando llegaron los tés, rodeé mi taza caliente con los dedos entumecidos y los dejé allí hasta sentir la piel a punto de ampollarse. Nim vació tres o cuatro sobres de azúcar en el suyo, repiqueteando la cucharilla contra la porcelana. Nuestros bocadillos llegaron enseguida, y eché kétchup de un bote de plástico en forma de tomate gigante.

Así que, dijo por fin, ¿le partiste el corazón?

Tenía un hilo de yema en la comisura de los labios.

Me puso los cuernos, contesté. Una y otra vez, en mis narices, hasta que me cansé y lo dejé.

Ah, dijo Nim. Pero la rompecorazones eres *tú*.

La miré de soslayo, luego le pegué un mordisco al bocadillo.

¿Sin críos?

Sin críos.

Guardamos silencio un momento.

Yo los quiero, admití. O, al menos, uno. Con uno me basta.

Nim asintió.

¿Sales con alguien?

Negué con la cabeza.

Aunque saliera con alguien, aclaré, no creo que pueda quedarme embarazada.

Nunca lo había dicho en voz alta, y me sorprendió oírme.

Qué putada, comentó Nim.

Encogí un hombro y lo dejé caer.

La madre de mi amiga Beth se hizo una FIV, contó Nim, cuando yo iba al cole. Recuerdo que guardaba las hormonas en la nevera. Una vez fui a por un yogur y me encontré un montón de agujas en la balda de arriba.

¿Y funcionó?

Nim se mordió el labio.

No esa vez. Pero al final sí. Se fue a España y tuvo gemelos. Creo que allí sale más barato.

Asentí.

Final feliz, entonces.

Nim resopló.

No sé yo. Su marido la estuvo engañando todo el tiempo, y ella se enteró cuando los gemelos tenían cuatro semanas. Lo echó de casa, pero acababa de pasar por una cesárea, apenas podía andar, y tenía dos criaturas que atender. Ni siquiera quería más hijos; ya tenía a Beth y a los hermanos mayores. Fue el padrastro de Beth, el nuevo marido, el que estaba empeñado, y además era él quien tenía la pasta. De repente, se encontró con cinco críos y nadie que la ayudara.

Jesús, dije.

Tal cual, continuó Nim. Después de eso, Beth estaba tan acojonada con quedarse embarazada que me obligó a acompañarla a la clínica de salud sexual para ponerse un DIU. Nos pasamos horas allí, y cuando se lo pusieron prácticamente tuve que cargar con ella hasta casa. Supongo que el DIU se le desplazó o algo, porque Beth sangró como una condenada, y dos semanas después su novio directamente se lo sacó cuando la estaba toqueteando. Lo levantó contra la luz, en plan: «¿Pero qué coño es esto?». Debía de dolerle, pero Beth ni se inmutó. Ya había visto la cicatriz medio cerrada de la cesárea de su madre, así que sabía lo que era el dolor de verdad.

Hice una mueca.

Perdona, dijo Nim. No sé por qué te he contado todo esto. Supongo que me pones nerviosa.

Mordió su bocadillo, mirándome mientras masticaba. Yo sonreía un poco. Me parecía fascinante.

¿Nerviosa? ¿Por qué?

Se encogió de hombros, sin apartar los ojos de mí.

Ni idea. Tienes presencia.

Solté una risita de incredulidad.

Qué va.

Nim recogió con un dedo la yema derramada del plato y se lo chupó.

Ya ves, aquí me tienes, intentando impresionarte, confesó.

Me reí otra vez.

Supongo que soy tu jefa.

Eso también.

Fruncí el ceño, sin dejar de sonreír. Me sorprendía que a esa chica le importara lo que yo pensara de ella.

¿Y por qué te rapaste la cabeza?

Se había acabado el bocadillo, pero tenía aún la mitad del té.

No sé. Me gusta la sensación.

¿Y no se te congelan las orejas?

A saco.

Fui a pagar a la barra. Nim quiso poner la mitad, pero me negué. En el mostrador había un pastelón de nata bajo una campana de plástico, con guindas apoyadas en remolinos de azúcar. Sentí de golpe ganas de comprarle una porción para llevar, pero lo reprimí.

Fuera, el viento había amainado y una luz desvaída empezaba a abrirse paso en el cielo. El sol aún no asomaba en el horizonte, y el mar seguía negro.

¿Libre para currar mañana por la noche?, le pregunté a Nim.

Claro, dijo.

Solo prométeme una cosa. Que te mantendrás alejada de Leon, ¿vale?

Cruzó los brazos.

¿Celosa?, me soltó.

Tenía un brillo en los ojos y supe que estaba jugando.

No.

Es coña, Jules.

Ya lo sé. Te paso los horarios por la mañana. ¿Necesitas muchos turnos?

Asintió.

Esto es lo único que tengo ahora mismo. Dame todos los que puedas.

Te aviso.

No sabía qué me había llevado a ponerme formal de repente, a sacar el tema del trabajo a las cinco de la mañana en un paseo desierto. Y se notaba que Nim también se lo preguntaba. Lo que vino después fue una incomodidad rara, la incertidumbre de cómo íbamos a despedirnos. Nim tenía la cabeza un poco metida en los hombros, el ceño fruncido, observándome.

¿Llegarás bien a casa?, pregunté.

Estoy aquí al lado, contestó, señalando hacia el cine.

Podría acompañarte.

¿Es porque te sientes responsable de mí?

Aquello me descolocó. Apreté los labios, recordando lo que le había dicho antes de sus padres. Entendí lo molesto que era que te trataran como a una cría cuando te sentías una adulta hecha y derecha. Dudé un momento, con una disculpa en la punta de la lengua, y ella interpretó mi vacilación como que estaba decidiendo si abrazarla o no. Abrió los brazos y me rodeó con ellos. Puede que volviera a caerle bien, no lo sabía. Nuestros abrigos se apretujaron uno contra otro. El abrazo fue tan breve que no llegué a notar el calor de su cuerpo.

Después bajó los brazos, pero no se apartó. Estábamos tan cerca que veía el vello finísimo de su cuello bajo la luz de la farola. Sentía sus ojos fijos en mí, pero no me atrevía a devolverle la mirada. Me quedé así, esperando a que dijera algo, a que se apartara. Yo aún no sabía si la acompañaría a casa o no. Cuando por fin levanté los ojos, vi cómo se le curvaba la boca en una media sonrisa, y me lanzó una mirada como si supiera exactamente lo que yo estaba pensando y le fastidiara que no pudiera simplemente decirlo. Pero yo no sabía lo que pensaba; no tenía ni idea. Solo pestañeé, algo sobresaltada, masculló una despedida a medias y me largué a casa

CAPÍTULO DIEZ

En su segundo turno, Nim estaba retraída. Como si se hubiera encerrado en sí misma, de modo que todo lo que hacía y decía llegaba como un sonido amortiguado. Al servir un chupito, ya no levantaba la botella tan alto como la noche anterior, y al cobrarle la ronda a un cliente tampoco le plantaba el datáfono delante con el mismo ímpetu. Aun así, trabajó duro como en su primera noche, en ningún momento se formó cola y sonreía con naturalidad a los estudiantes al tomarles nota, con movimientos rápidos pero sin prisas. Si hubiera sido otra de mis empleadas, habría estado encantada con su rendimiento. Pero no era una más, y notaba que algo había cambiado.

Cuando llegó a su turno, me preguntó qué tal estaba. Estoy segura de que lo que contesté no le interesaba lo más mínimo —seguramente había pasado la tarde con el portátil, entre correos y llamadas para la discoteca, lo de todos los días—, pero al no responder pensé si me habría oído. Esperé un minuto intentando que me mirara, pero estaba abriendo una caja de vasos de plástico y alineándolos en la barra, sin volver la vista. Al final, le pregunté qué había hecho, y contestó que se había tirado el día durmiendo. Lo dijo con desgana, como si no tuviera nada de raro echarse en la cama dieciséis horas desde la última vez que la vi. Lo dijo sin entonación, apenas una palabra: *dormir*. Me dolió, y ya no añadí nada.

El primer turno que pasé con Nim, la noche anterior, se me quedó grabado como uno de los mejores recuerdos. No por la eficacia trabajando codo con codo, sino por la energía que ella había despertado en mí. Solo recuerdo algo parecido en los primeros turnos con Leon, cuando acabábamos de casarnos. Trabajar en la barra con él siempre era caótico —francamente, casi ridículo—, pero entonces me bastaba con estar a su lado. Aún me sorprendía que quisiera tenerme cerca. Una vez se rajó la mano cortando limas y sangró por toda la tabla y el mármol negro. Los estudiantes gritaban y él gritaba también. Yo encontré un botiquín viejo bajo el fregadero, le limpié la herida y le improvisé un vendaje. Después se acurrucó contra mi cuello, el rostro resbaladizo, llorando sin parar porque le escocía el cítrico, mientras yo lo sujetaba y se acumulaba gente en la barra. No fue un matrimonio sano, jamás me atrevería a llamarlo así, pero esos momentos me daban algo de vida.

Esa noche no dejaba de mirar a Nim a hurtadillas, esperando que le cambiara el gesto, que resultara ser una broma de las buenas. Pero no: ya no me devolvía la mirada como el día anterior. Como empleada seguía siendo educada, incluso atenta. Si necesitaba algo y yo estaba en medio, me apoyaba la mano en el hombro con suavidad hasta que me apartaba. A la una de la mañana me hizo un café con la cafetera destartalada que teníamos bajo la barra, me preguntó cómo lo tomaba y me lo preparó así.

Noté que usaba la misma formalidad que yo había usado con ella en la madrugada del día anterior, en el paseo marítimo, cuando saqué el tema de los turnos. Me estaba mostrando cómo se había sentido.

Serían las tres cuando Nim fue al baño y, al volver, le agarró la muñeca a Leon. La cola había disminuido y se abría un hueco limpio desde la barra hasta la pared del fondo de la pista. En ese hueco los vi: a Nim y a Leon, muy arrimados, su mano aferrada a la de él. Los vi cruzar miradas. Vi cómo ella lo arrastraba hacia sí, como para susurrarle algo al oído, y luego vi cómo se besaban. Y seguían besándose, los labios pegados, deslizándose uno en el otro. Un minuto, quizá dos, con los ojos cerrados y un lento vaivén de las bocas. Y yo me quedé allí, mirando sin parpadear, frunciendo el ceño en la penumbra, esperando que aquello se deshiciera como un truco de luces, aun sabiendo que no sería así.

Menos de veinticuatro horas antes, Nim me había prometido mantenerse lejos de Leon. Y lo decía convencida. ¿Qué había cambiado? No los había visto cruzar ni una palabra en toda la noche. De hecho, cuando Nim le tomó la muñeca, antes del beso, Leon parecía tan sorprendido como yo. Ahora, su lengua relucía en la oscuridad como una babosa en un jardín a la luz de la luna. La cabeza rapada de ella era un orbe que partía la luz estroboscópica roja en haces diminutos. No había duda de quiénes eran ni de lo que hacían. Y de pronto terminó: ella se apartó y volvió a la barra, como si nada.

¿Pero qué cojones ha sido eso?, pregunté.

Por primera vez en toda la noche me miró de verdad.

¿El qué?

Cuando cerramos y encendieron las luces de la pista, Nim se puso el abrigo y fue hacia Leon. Él sonrió al verla, ufano. Con su plumas enorme y esas piernas largas y desgarbadas, parecía descompensada. La diferencia de altura era brutal: Leon quedaba casi una cabeza por debajo. Pero le sobraba confianza: salió del local pavoneándose, alzando el cuello de la chupa y volviendo la cabeza para asegurarse de que lo seguía. Me costó la vida no salir corriendo detrás. En vez de eso, llené un vaso de plástico con agua del grifo y me lo tragué de un tirón. Sabía a metal, a sangre. Volví a llenarlo y esta vez me lo bebí lentamente. Entendí entonces que Nim quería que yo lo viera, el beso, y también que se marchaban juntos. La única explicación que encontraba era que seguía molesta porque la noche anterior me ofreciera a acompañarla a casa, que le pareciera un gesto paternalista. Besar a Leon era su manera de dejar claro que no tenía ningún control sobre ella. Y no podía culparla por querer afirmar su independencia, por demostrar que su vida era suya. Aunque no me gustara el método, entendía la lógica. A su edad, si hubiera tenido valor, yo habría hecho lo mismo.

Me quedé sola limpiando la barra. Saqué la escoba y barrí la pista, dejando la basura en un montón espeluznante en una esquina de la gélida y enorme sala. Cuando levanté la vista, Carlos estaba en el marco de la puerta, ocupándolo por completo, y la noche se colaba por encima de sus hombros y su cabezón macizo.

¿Todo bien?, preguntó.

Sí. Cansada.

Al menos, mañana libras.

Ah, claro. Domingo. Se me había olvidado.

Trabajas demasiado.

Dilo de nuevo.

Trabajas demasiado.

Solté una risita floja. Carlos era así, lleno de chascarrillos. Buen tío, sin más.

¿Quieres tomar algo?, preguntó. Mañana, digo. En un sitio decente.

Lo miré parpadeando.

¿Me estás proponiendo una cita?

Se encogió de hombros.

Si quieres.

Conocía a Carlos desde hacía diez años y apenas habíamos pasado tiempo juntos fuera de la discoteca. Sabía que tenía una hija pequeña, que su mujer lo había dejado por otro hacía unos años. Que había nacido en México y que gastó todos sus ahorros en un billete de ida a Reino Unido cuando tenía veintitrés. Que hablaba con deje americano porque aprendió inglés viendo *Friends*. Acepté la cita, quizá por reacción a la traición de Nim, quizá porque me alegraba que alguien me invitara.

CAPÍTULO ONCE

Quedé con Carlos la noche siguiente, en un bar de cócteles a unas manzanas del Gunk. Había margaritas congeladas en máquinas de granizado, y las copas venían acompañadas de un cuenco de Twiglets. Bebimos tequilas *sunrise* coronados con unas sombrillitas diminutas. Carlos era un hombretón, y verlo con aquella copa resultaba cómico.

Mi hija tiene otitis media adhesiva, dijo. Necesita que le pongan drenajes.

¿Eso requiere operación?

Asintió. Su ex había tenido otro bebé hacía poco, así que le tocaba a Carlos acompañar a su hija al hospital.

Seguro que sale bien, señalé. Es bastante común, ¿no?

Sí, claro. Jacinta es dura.

Bonito nombre.

Gracias. Es una flor.

Carlos me invitó a su piso después de las copas. Le daba vueltas a la sombrillita entre el pulgar y el índice, sin mirarme. De camino al coche le quemé sin querer con la punta del cigarro. Meses más tarde, en el trabajo, vi que la quemadura había dejado una cicatriz: la piel rosa pálido, como un clavel.

Carlos conducía un Mercedes negro, impecable, con un ambientador en forma de pino colgando del retrovisor.

Fuimos callados todo el trayecto. No había tráfico y tenía una forma tan suave de conducir que casi me dormía. Tomamos la carretera de la costa hacia el este, y salimos a la altura del puerto deportivo. Carlos alquilaba una habitación en un adosado recién construido, propiedad de una pareja prejubilada que se había mudado al mar y arrendaba un cuarto para complementar los gastos. Todo estaba decorado con motivos marineros: cortinas y cojines a rayas blancas y azules y bordado con diminutas anclas rojas. Subí directa a su dormitorio, y cinco minutos después apareció él con un plato de galletas saladas, una manzana cortada y un bloque de cheddar. Me dio una copa de rosado que sabía a zumo. Él no probó ni el vino ni el queso; en su lugar, arrancó el envoltorio de una barrita proteica y se la zampó entera en tres bocados. Carlos era una rata de gimnasio, un tío de esos que cuecen todas las pechugas de pollo al empezar la semana.

Charlamos un rato, de un pódcast motivacional que él estaba escuchando, y al cabo de un cuarto de hora me puso la mano en la rodilla. Agarró la tabla de cortar y la dejó sobre la cómoda, luego me quitó el vaso de vino y lo dejó allí también. Me besó, con una lengua que no me cabía en la boca. Sentía su corazón latir desde aquel pecho musculoso, como aquel ratón que rescaté de una trampa cuando era pequeña. Lo había metido en una caja de cartón en mi armario, con un rollo de papel higiénico y un puñado de cacahuetes. Una hora después, cuando fui a verlo, se había muerto del susto. Intenté apartar esa imagen y seguí besando a Carlos. Pensé en lo fácil que sería mi vida si me atrajera de verdad. *No pienses en eso*, me dije.

El sexo fue torpe. Carlos no tenía la seguridad de Leon, y yo tampoco. En parte esperaba que, al menos, me dejara embarazada, pero sacó una caja de preservativos con olores sintéticos de frutas y eligió uno cítrico, pomelo o lima. Justo frente a su ventana había una farola, que teñía de naranja la habitación.

Al acabar, los dos estábamos sudados. Me aparté y me senté en el borde de la cama, una pierna cruzada sobre la otra, buscando un respiro.

Ha estado bien, comentó. Eres muy guapa.

Le di las gracias.

Recuerdo la primera vez que te vi, añadió.

Ah, ¿sí?

Asintió.

Fue la primera noche que viniste a Gunk. Estabas en una despedida de soltera. Llevabas un top negro, anudado detrás del cuello. Fuisteis el primer grupo al que no tuve que pedir el carné en meses. Te fiché nada más entrar, y planeaba pedirte el número al salir. Estaba reuniendo valor. Y, de repente, te vi marcharte con Leon.

Resollé.

¿Y cuántas veces te ha pasado eso?

Carlos no dudó ni un segundo.

Solo esa.

Me pareció un romántico de pega; no me tragué nada.

Son muy crías, dijo. Todas esas chicas. Las veo y pienso en mi hija, y me da asco. Leon está a un DNI falso de ir a la cárcel.

¿Y de quién sería la culpa?, repliqué. Tuya, por dejar entrar a una menor. Leon nunca tiene la culpa de nada, desde luego.

Fuera, la bombilla de la farola titilaba débilmente. Me estremecí, aunque no tenía frío.

¿Y por qué aguantaste tanto con él?, preguntó Carlos.

Me encogí de hombros. Yo había soñado con una familia, y por muy pésimo padre que supiera que sería Leon, no había podido soltar ese sueño. No se lo conté a Carlos por lo que eso revelaba de mí. Cualquiera con un poco de dignidad habría pedido el divorcio años antes.

¿Y tú por qué te hiciste portero?, pregunté en su lugar.

Soy grandote, respondió. Grandote y tonto. No tenía muchas opciones.

No eres tonto, Carlos, repliqué.

Me levanté de pronto, irritada, y fui al baño. Bebí agua del grifo y usé su cepillo de dientes con la pasta. En el vaso había otro tubo con una Peppa Pig dibujada, y sin querer me imaginé a Carlos allí, encorvado, cepillándole los dientes a su hija.

CAPÍTULO DOCE

El Gunk no volvió a abrir hasta la noche de nuestro evento semanal, *See You Next Tuesday* —un chiste cuyas siglas en inglés escribíamos como «CUNT», y que aprovechábamos para estampar en la mano de cada estudiante a la entrada con un sello especial que Leon había encargado por internet—. Llegué pronto a la discoteca, después de comprarme un falafel en el kebab de enfrente. Leon se la tenía jurada al dueño. Decía que el local debía todo su negocio al club, por el trasiego constante de estudiantes borrachos y hambrientos que nosotros generábamos. Más de una vez se había plantado allí, él mismo borracho y hambriento, exigiendo un menú gratis esgrimiendo ese argumento. El encargado siempre se había negado a darle comida por la cara, y al final llegó incluso a vetarle la entrada. Para mí el veto se lo tenía bien merecido, aunque en la práctica solo significaba que, cada vez que Leon quería un kebab —lo cual era a menudo—, me mandaba a mí a por él. Si yo hubiera sido su madre, le habría prohibido comprar nada allí hasta que entrara con el rabo entre las piernas y pidiera disculpas al dueño. Pero Leon no era mi hijo, y no hacía caso de nada de lo que yo le decía. Además, ya había renunciado a la esperanza de hacer de él una persona mejor. Prefería no complicarme la existencia.

Esa noche me comí el falafel sentada en un taburete del bar, y los encurtidos rosas y amarillos brillaban bajo los focos. Nim trabajaba esa noche y, aunque la estaba esperando, cuando la vi entrar sentí un peso en el pecho, como si me hubiera atragantado con un bocado demasiado grande.

Hey, saludó.

Hey.

¿Falafel?

Sí.

Qué rico.

Nos quedamos calladas un rato. Yo era consciente del ruido que hacía al masticar, así que me tapé la boca con la mano.

Mira, Jules, empezó Nim. Perdona por la otra noche. No tendría que haberme ido a casa con Leon. Fue una cagada. No sé qué me pasó. Si normalmente ni siquiera me van los tíos.

Está bien, contesté. Da igual.

Nim ladeó la cabeza, buscándome con los ojos.

¿Seguro?

Me encogí de hombros.

Leon se ha tirado a la mayoría de las tías que conozco.

Nim se sacó del bolsillo un Cornetto.

Toma, dijo. Para la reina de hielo.

Bufé.

Estamos en noviembre.

Lo guardo en el congelador si no lo quieres ahora. Lo mismo te apetece más tarde.

Nunca había comido un helado después de medianoche, pero la vi caminar hasta el arcón de congelados y dejarlo allí, entre las bolsas de hielo. Me sentí en seguida aliviada por el detalle. Intenté no sonreír, y no pude.

Bueno, dije. Gracias.

Nim tenía razón: luego sí me apeteció. La discoteca se llenó hasta los topes, y todo ese calor corporal convirtió la sala en una sauna. Nim y yo trabajábamos tan rápido que apenas tuvimos tiempo de hablar. Saqué el Cornetto a las dos de la mañana y me quedé detrás de la barra para comérmelo. Nim me hizo un gesto de aprobación con el pulgar.

¿Ves lo que te dije?

Se había quedado en top corto, y le resbalaban gotas de sudor por las sienes. Íbamos tan liadas que no pude parar a comerme el helado como es debido. Tenía que dejarlo a cada momento sobre una servilleta en la repisa trasera de la barra para servir bebidas. Se estaba derritiendo rápido.

Toma, le ofrecí a Nim. Ayúdame con esto.

Cuando por fin lo cogió, el helado ya era líquido, y tuvo que bebérselo directamente del cucurucho. Me eché a reír al verla.

Deberíamos echarle un chorrito de ron, propuso.

Tenía las manos llenas de helado, le chorreaban hasta el suelo. Los destellos de las luces estroboscópicas hacían que, por un instante, pareciera estar en una playa en verano, con el rostro bañado por el sol. Me preguntó si había terminado con el Cornetto, y asentí.

¿Segura?

Sí.

Sin apartar los ojos de los míos, cerró la mano alrededor del cucurucho y, reblandecido como estaba, se deshizo entre sus dedos como un pedazo de cartón mojado, plegándose sobre sí mismo.

Nim sonrió, radiante.

Qué gustazo.

Tiró esa porquería a la basura, se sacudió la mano un par de veces y luego se la lavó en el fregadero. Yo miré al suelo, donde quedaban cinco o seis gotas blancas que trazaban un caminito hasta la papelera. Es una escena que no se me ha borrado nunca de la cabeza. Ahora mismo cierro los ojos y es como si volviera a estar allí, en la discoteca, viendo cómo Nim aplastaba un helado hasta convertirlo en nada, solo para ver qué se sentía. Hoy reconozco en ese gesto algo típico de ella, aunque entonces no la conocía lo suficiente como para darme cuenta. Es esa forma que tiene de dejarse llevar por un impulso y seguirlo hasta el final.

CAPÍTULO TRECE

Suena el timbre, y ya no estoy en el Gunk con Nim, sino en el piso con el bebé. El timbre es el telefonillo. Corro a abrir, y no es hasta que escucho la voz de mi madre a través del crepitar del interfono que recuerdo que mis padres llamaron hace una hora para preguntar si me venía bien que fueran a verme. ¿Cómo he podido olvidarlo en tan poco tiempo? Un segundo antes, había supuesto que quien tocaba era Nim. La sensación ahora es como subir las escaleras y pensar que hay un peldaño de más. Quizá sería gracioso, si hubiera alguien más aquí que se riera. Nim se reiría, desde luego, de que hubiera pensado que había un peldaño más. Le gustan las payasadas; siempre le encantaba verme hacer el ridículo. Ahora no hay nadie aquí más que el bebé.

Mis padres, apretujados en el ascensor, suben muy despacio por el edificio hasta nuestra planta. No sé si les está llevando mucho tiempo o no llegar a mi puerta. Con el bebé, el tiempo se vuelve resbaladizo, se deforma. Puedo perder tres horas caminando por las habitaciones con él en el portabebés, con miedo a sentarme por si se despierta. Otras veces, un minuto de llanto se alarga tanto que juro que siento cómo, segundo a segundo, me acerco a la muerte. Estar con el bebé me hace pensar mucho en la muerte. Cada vida nueva que nace equivale, tarde o temprano, a una nueva muerte en el mundo. Me preocupa que Nim muera, ahí fuera, sola, sin un sitio adonde ir, empapando compresas de sangre, con los pechos tan inflados de leche que, si no se vacían, podrían derivar en una infección. Lleva dos noches fuera y no tengo ni idea de dónde ha dormido, ni siquiera si ha dormido. Me consuela que sea verano; los días son largos y las noches cálidas.

Mis padres se presentan con girasoles, un dinosaurio de punto con un cascabel dentro y un conejito de peluche que lleva una pequeña muselina por cuerpo. Mi madre alza al bebé como si fuese suyo y se pasea por la habitación, exagerando los movimientos. No entiendo cómo sabe que le gusta que lo mezan. Ella lo tiene fácil con él, mucho más fácil que yo, y verle hacer eso me devuelve la imagen de mí misma como un bebé. Otra vez el tiempo se distiende, parece detenerse un segundo y desenrollarse, y no comprendo cómo he pasado tan deprisa por mi vida hasta acabar aquí, con un niño que no es mío pero que casi lo es, con mi madre meciéndolo contra su pecho.

He estado sujetando al bebé todo el rato, incluso dormida, así que es un alivio habérselo cedido un rato. Estiro los brazos por encima de la cabeza y luego me encorvo, tratando de tocarme los dedos de los pies. Me cruje la columna, y también una de las rodillas. De golpe me resulta inconcebible que yo misma haya sido un bebé, que haya crecido dentro de mi madre y luego me hayan empujado hacia fuera. Recuerdo haber leído en un libro de embarazo que un bebé nace con casi cien huesos más que un adulto, que con el tiempo se fusionan. Miro al bebé ahora, en brazos de mi madre, y pienso en que él tiene más huesos en ese cuerpecito que ella en el suyo. Lo veo y me parece imposible. También pienso en que esos huesos se formaron dentro de Nim. También me parece imposible. Recuerdo la primera vez que vi los huesos del bebé, en la ecografía de las veinte semanas. Brillaban en la oscuridad del útero de Nim: un cráneo como una bombilla, unas costillas como bastones fosforescentes. Ya entonces lo quería, lo sabía; pero verlo lo hizo distinto, lo hizo tangible. Nim no miraba. También lo recuerdo. Ella mantuvo los ojos hacia abajo todo el tiempo.

Los primeros quince minutos de la visita, mi padre se mete en la cocina a cortar los tallos de los girasoles y llenar un jarrón, ofreciendo té o café a voces. El deseo de mi madre de ser abuela hizo que aceptara rápido la idea de que yo criara al bebé, pero mi padre se ha mostrado más reacio. No hay duda de que se pregunta por qué no he conseguido encontrar a un hombre y hacerlo a la vieja usanza, como todo el mundo. No hay duda de que se pregunta qué me pasa. Cuando les conté lo de Nim y su embarazo, lo único de lo que mi padre pudo hablar fue del papeleo. Quería entender las cuestiones legales. Le dije lo que sabía: que podría figurar en el certificado de nacimiento del registro civil unas semanas después del parto, pero que hasta que no se entregasen los papeles Nim podía cambiar de idea en cualquier momento. Es decir, no tenía derechos, básicamente, pero era mi mejor oportunidad para ser madre, quizá la única, y estaba dispuesta a asumir el riesgo. Claro que temía que Nim cambiara de idea. Pero eso era la maternidad, ¿no? El miedo como piedra de toque.

En ese punto, mi padre soltó un pequeño murmullo de acuerdo y asintió con la cabeza. Mis padres no son gente de una gran imaginación. Les cuesta concebir la más mínima desviación. Cuando conocieron a Leon y les dije que era el dueño de un club, se imaginaron un club social de esos: me preguntaron si tenía spa en el sótano, pista de tenis en los jardines, una piscina en la azotea. Ese tipo de sitios eran los que mis padres hubieran esperado que frecuentara. Nunca han puesto un pie en un club para socios, pero leen sobre ellos en la prensa, en el contexto de políticos chungos, en las noticias. Para ellos, una discoteca es casi la luna.

Mis padres huelen tanto a suavizante que estar con ellos es como meterse en una foto de *stock* de un campo azul. En su casa tienen la calefacción tan alta que las rojeces de los pómulos se les han quedado de forma permanente. Cuando voy un jueves a cenar, nos sentamos en la misma disposición de siempre y mi madre sirve los mismos platos de siempre: todo a base de carne, siempre con las mismas zanahorias y brócoli cocidos de más, en el mismo cuenco de loza azul. Hay un calendario concreto: pollo asado los domingos, *shepherd's pie* los miércoles. El último viernes de cada mes mi padre baja a por *fish and chips*. Si alguna vez me apetece una comida de mi infancia, basta con esperar al día correcto de la semana y presentarme en su puerta. Durante años pensé que era una carga.

La voz de mi madre me interrumpe.

¿Por qué no te echas una siesta, Julia?, pregunta. Nos quedamos nosotros aquí. Si se inquieta, te despierto.

Me doy cuenta de que he estado mucho rato parada, mirando al vacío, sin decir nada. Estoy agotada, sí, pero sé que no podré dormir. Tengo demasiadas cosas en la cabeza.

Gracias, respondo. Está bien. Estoy bien. De verdad.

Mi madre me mira. Su rostro es suave y rosado, los ojos pequeños y húmedos. Me mira de otra manera desde que está el bebé.

Nadie te dice lo duro que es esto, ¿no?, dice. Creo que todo el mundo intenta olvidarlo.

Niego con la cabeza.

Yo no he hecho gran cosa, confieso. Todo ha sido Nim.

Mi madre baja la mirada hacia el bebé. Hay algo en su rostro que no había visto antes, algo parecido a la paz.

Eres madre soltera de un recién nacido, apunta. Eso significa hacer un montón de cosas, en mi libro.

No soy su madre, digo. La voz se me quiebra en la última palabra y me doy cuenta de que estoy llorando.

Mi madre coloca al bebé en la hamaca y viene hacia mí, envolviéndome con su olor a suavizante.

Cariño, no digas eso.

Pero no lo soy.

Claro que lo eres.

Él sabe que no lo soy. Lo veo en sus ojos.

Mi madre pone las manos en mis hombros y me sujeta a cierta distancia. Tiene una mirada severa.

Oye, dice. Esto nunca iba a ser fácil, pero llevas años esperándolo. Deja de dudar.

Resoplo.

Nim se ha ido.

Sé que le tenías cariño, cielo, pero eso siempre fue parte del plan, ¿no?

No. Quiero decir, *se ha ido*. Ha desaparecido. La policía la está buscando. Se marchó del hospital justo después del parto, no dijo a dónde iba. Todas sus cosas siguen aquí.

Mi madre guarda silencio un rato.

¿Se habrá ido a casa de sus padres?, pregunta.

Niego con la cabeza.

No iría allí, contesto.

Bueno, y ¿a dónde pensaba mudarse cuando llegara el bebé?

Niego con la cabeza de nuevo.

No lo sé, susurro.

Deberías haber tenido un plan, dice mi madre.

Teníamos uno, pero vino el niño un mes antes y no lo habíamos arreglado.

El bebé empieza a resoplar en la hamaca y mi madre lo vuelve a coger. Es tan pequeño entre sus brazos; casi lo había olvidado. Sé que mi padre se ha quedado en silencio en la cocina; probablemente nos ha estado escuchando todo el rato. Sé lo que piensan: que la desaparición de Nim puede significar que esté arrepintiéndose de entregar al bebé. Me dan ganas de gritarles que el bebé no nos pertenece, que es parte de Nim, una parte física de ella. Fue ayer que lo vi salir del cuerpo de Nim, un cuerpo palpitante y perfecto, que vi con mis propios ojos cómo se dividían en dos, y entendí, por fin, que perder a una de ellas es lo mismo que perder a las dos. Para entonces, claro, ya era demasiado tarde.

CAPÍTULO CATORCE

Durante su primer mes en la discoteca, Nim vino a trabajar todas las noches que abríamos. Cortaba limas y destapaba botellas de cerveza a la primera. Llevaba su chándal como si fuera un uniforme. Se rapaba unas rayitas en las cejas y en el pelo que le crecía junto a las sienes. No le prestaba la más mínima atención a Leon; cualquiera que mirara habría jurado que nunca se habían acostado. Y tampoco los estudiantes parecían fijarse mucho en ella, más allá de pedirle las copas. Puede que tuvieran la misma edad, pero Nim se vestía distinto, hablaba distinto. Quizá por eso se convirtió en mi cómplice detrás de la barra, de un modo en que ninguna de mis otras empleadas lo había sido jamás. Nim era tan currante como yo, tan invisible. En un mes fuimos cinco veces a desayunar al Buddie's, y cada vez le pagaba un bocata de huevo frito y una taza de té. Se notaba que no tenía un duro: aceptaba todos los turnos que le ofrecía y no faltaba nunca por enfermedad. En esos desayunos me sorprendía a mí misma confiándole cosas de Leon. Apenas había hablado de mi matrimonio con nadie, ni en su momento ni después. Era demasiado orgullosa. Pero Nim me sacaba la verdad sin esfuerzo, con su mirada fija y su risa rápida. Yo misma acababa aireando el tema de Leon, buscando su opinión. Era adictivo hablar de él una vez que empezaba.

Le conté la vez que le solté a una estudiante —de la que sabía que se estaba tirando Leon— lo que pensaba de él. Se llamaba Aaliyah. Había currado en la discoteca. Estudiaba Historia del Arte, llevaba un afro azul descolorido que parecía espuma de mar y un collar con colgante que se le perdía en el escote. Los había visto juntos por allí, cuchicheando en rincones, besándose y tomándose de la mano. Una noche estábamos ella y yo en la parte de atrás, cargando bolsas de basura en los contenedores gigantes. La luna tenía forma de uña y decidí que, si no lo decía entonces, no lo diría nunca.

Leon es un narcisista, le espeté. Solo sabe recibir. No te dará nada. Yo nunca quise tener hijos, Aaliyah, y luego me casé con uno.

Aaliyah se quedó con el puño apretado sobre el nudo de plástico de la bolsa de basura. No dijo nada un rato, solo pestañeó. Yo, al principio, estaba orgullosa de aquel discurso. Me había salido de golpe, en un soplo de aire, y después me sentí ligera, como si hubiera estado hinchada durante demasiado tiempo. Lo de que no quería hijos era mentira, claro, pero me gustaba cómo sonaba. Aaliyah siguió mirándome y luego frunció el ceño.

¿Y aun así sigues casada con él?, preguntó. Es bastante deprimente.

Su compasión me arrolló, lenta al principio y luego de golpe. Sentí una oleada de vergüenza. Había quedado como una idiota, cuando la intención era que fuera Leon quien quedara como tal. Cuando se lo conté a Nim, se rio por la nariz.

¿Cómo puede ser que ese tío tenga tanta potra?, dijo.

Por eso me encantaba hablar con ella de Leon: porque le veía el lado cómico, lo absurdo de mi matrimonio. No me compadecía, no hablaba de traumas. Me gustaba eso. Yo también me reí, y aquello me supo a gloria. Para nosotras, Leon no era más que un chiste. Y era maravilloso.

¿Te ves algún día con alguien más?, me preguntó después, mientras volvíamos a casa.

Ya habíamos descubierto que su piso estaba justo de camino al mío, así que la dejaba allí antes de subir yo la cuesta. Las farolas vertían una luz dorada sobre las aceras, y caían copos diminutos de nieve que se deshacían en cuanto tocaban el asfalto. La Navidad estaba a la vuelta de la esquina. Nim intentaba cazar copos con la lengua. Yo también lo intenté, andando con la cabeza hacia atrás sin mirar al frente, hasta que me di un porrazo contra una farola. Nim se desternilló, aunque el abrigo grueso que llevaba amortiguaba el sonido.

Ni de coña, contesté a su pregunta. No me imagino volviendo a enamorarme. ¿Y tú?

He tenido un par de citas desde que llegué, dijo. Las dos por *apps*.

¿Y te mola eso de las *apps*?

Qué va. En teoría tendría que ser más fácil, pero en realidad da el doble de curro. Alguien parece guay *online*, luego quedas y no hay química. Otras veces intento escribirnos antes un rato, para asegurarme de que tenemos cosas en común, pero en la cita me rayo pensando que me repito, porque ya no sé a quién le he contado qué.

Pues no te tengo por despistada.

Nim resopló.

Contigo no.

¿Y por qué no?

Porque no quiero que me eches.

Jamás te despediría, Nim.

Me sonrió, con un destello en los dientes.

Bien. Este curro me viene de perlas. Estaría hecha un desastre sin algo rápido y físico. Lo necesito, si no, no me concentro. En el cole me fue fatal, ¿sabes? Me he sacado como... dos secundarias.

¿En serio? Pero si eres listísima.

¡Eso mismo dije yo!

Nim se sonrojó y apartó la mirada. Me encantaban esos momentos suyos de timidez; era como verla desde otro ángulo.

Hay una persona que me gusta, dijo Nim. Pero es difícil de descifrar.

Ah, ¿sí? ¿Alguien de las *apps*?

Nim agitó la mano.

Bah, déjalo. No quiero gafarlo.

Vale, concedí. Yo me acosté con Carlos hace poco. Esa es mi única noticia.

¿Carlos el portero?

Sí. Hace unas semanas. La misma noche que tú con Leon.

¿Me estás vacilando? Y te lo tenías calladito.

Me encogí de hombros.

No fue gran cosa. No se ha repetido.

¿Y estuvo bien, al menos?

Pues no mucho. ¿Y Leon?

Buf. Intentó hacerlo sin condón. ¿Te lo conté?

Ni me sorprende.

Se mosqueó cuando le obligué a ponerse uno. Y debían de ser de mala calidad, porque se me rompió dentro.

Hostia, Nim.

Tranqui. Me tomé la pastilla del día después. Cuando le pedí que pagara, intentó darme un gramo de coca en vez de pasta. No entendía por qué no me valía, si yo lo que necesitaba era dinero, porque no tenía ni un duro en la cuenta para comprar la pastilla.

Para entonces ya estábamos frente al piso de Nim, y me invitó a subir. Yo no había entrado nunca.

Habrá que estar calladitas, avisó. Pero tengo una botella de brandy bajo la cama. Ven a calentarte las tripas antes de subir la cuesta a casa.

CAPÍTULO QUINCE

La calle de Nim quedaba a dos manzanas del paseo marítimo. Estaba flanqueada por casas adosadas, con el enguijarrado batido por el viento. Metió la llave en la cerradura. El recibidor lo iluminaba una bombilla desnuda, colgada del techo, con las paredes a medio cubrir de papel pintado con flores y a medio arrancar, dejando al descubierto el yeso de debajo. En el techo había grandes círculos de humedad verdosa, y en el aire flotaba el inconfundible olor a moho. La seguí por las escaleras estrechas y quejumbrosas. Había pensado que vivir con Leon era lo peor, pero aquel sitio hacía que su piso pareciera acogedor. Dentro hacía tanto frío como fuera. La casa era angosta, con sitio para una sola habitación por planta, pero se alzaba hasta cuatro pisos. Las escaleras parecían no acabar nunca, cada tramo más estrecho y desvencijado que el anterior. Me fijé en el moho negro de las esquinas, que se extendía por los alféizares. El cuarto de Nim estaba en la buhardilla. También vacío, y helado, sin más muebles que una cama individual y un burro de ropa, con las sudaderas tiradas sobre la barra a falta de perchas. Había un cargador enchufado en la pared del fondo y una manta eléctrica que Nim encendió.

¿Y tus cosas?, pregunté.

Nim se encogió de hombros.

Salí a toda prisa de casa de mi madre.

Me resultaba duro estar allí, en la habitación donde vivía. Tenía un nudo en la garganta, estaba a punto de echarme a llorar, pero sabía que no podía hacerlo delante de ella. Ya había notado que no tenía dinero, que siempre repetía la misma ropa, pero nunca habría imaginado nada parecido a un vacío como aquel, a esa sensación de abandono. La idea de que durmiera allí cada noche me dolía físicamente; un peso sordo en el pecho.

¿Y cómo es el casero?

Bah, un viejo borrachuzo. Apenas sale de su cuarto, salvo para irse al *pub*. A veces lo oigo despotricar solo, pero se acaba quedando frito.

Estaba agachada, rebuscando debajo de la cama, hasta que sacó una botella de brandy.

La escondo aquí por si le da por robármela.

¿Y vivís solo vosotros dos en la casa?

Ajá.

Nim, ¿y si es peligroso?

Se levantó, desenroscó el tapón y le dio un trago.

Bah, me lo cepillo si hace falta. Apenas se tiene en pie. Con un buen puñetazo, lo tumbo.

Me pasó la botella. Bebí, y el ardor me hizo entrar en calor.

Ya sabes que podría dejarte algo de pasta. Si quieres una fianza para irte a un sitio mejor. Podría ayudarte.

Nim frunció el ceño.

Jules, no quiero tu dinero. Lo ganaré yo.

Si ya estás currando. Pero te llevaría meses ahorrar lo suficiente para mudarte.

Bebió otro sorbo de brandy.

No empecemos ahora con esto. No es una charla para una noche de copas.

Pese a mí misma, sonreí.

¿Y cómo es una charla para una noche de copas, pues?

Apartó la vista, pensativa.

He estado escribiendo poemas.

¿Puedo oír uno?

Ni loca.

¿Por qué?

Porque están llenos de secretos.

¿Y dónde los escribes?

En la playa, casi siempre. Nunca había visto el mar en mi vida, hasta que vine aquí. Ahora nado todos los días.

Venga ya. ¡Si estamos en diciembre!

Se encogió de hombros.

Empecé a finales de verano, cuando llegué, y se me ha quedado la costumbre.

No mientas.

Me fulminó con la mirada.

No digas eso.

Me disculpé, tragándome el pánico que me subía por la garganta. Nim era así, siempre al límite de un cambio de humor. Esta vez aceptó mis disculpas sin más.

Vente conmigo un día, propuso.

Dale seis meses, y quizá.

Yo me meteré el día de Navidad. He oído que aquí la gente lo hace, en plan tradición.

¿Te quedarás aquí en Navidad?

¿Dónde si no?

Asentí, sabiendo que sería mejor no sacar el tema de su familia.

Pues yo te miro, el día de Navidad. No me meto, pero te miro.

Levantó la botella, satisfecha, y le dio otro lingotazo.

¿Ves? Esto sí que son charlas para una noche de copas.

Me fui poco después. Eran casi las siete de la mañana; el sol ya había salido, pero la luna seguía en lo alto del cielo azul y sólido. Todo estaba cubierto de escarcha, y la hierba del parquecito frente a mi bloque crujía bajo mis pies. El frío se colaba por todas las costuras del abrigo y al entrar en casa me ardían las puntas de los dedos al descongelarse.

Pulsé el botón del ascensor. Al subir, pensé en Nim, en su cuartucho húmedo, bebiendo brandy a morro. Y después lo imaginé a él allí también, a Leon. Había procurado no pensar en la noche que pasaron juntos, pero desde que Nim me contó lo del condón, desde que vi el lugar donde ocurrió, notaba cómo esa visión se iba dibujando sola en los bordes de mi mente. Y, ahora que estaba sola, no podía evitar mirarla de frente. Imaginaba sus manos huesudas sobre ella, el pelo grasiento en su pecho blanquecino, la nuez clavándose en su cuello como un pulgar. Saber que Leon había estado dentro de Nim me revolvía el estómago. Sentí cómo me subía la bilis, ácida, por la tráquea. En mi piso, intenté dormir, pero no pude.

CAPÍTULO DIECISÉIS

Celebramos la última noche del año el veinte de diciembre, el mismo día que acababa el trimestre en la universidad. Leon apareció con un traje de Papá Noel de fieltro, unas zapatillas rojas de bota alta y un saco de arpillera colgado del hombro. Dentro llevaba botellas de Sourz, de manzana verde o de cereza roja, todo por la combinación de colores. Pasó la noche en medio de la pista repartiendo chupitos gratis, como hacía cada año. Leon no solía poner mucho empeño en nada, pero la Navidad era su fiesta favorita. Cada año, su madre le mandaba una cesta llena de botellas de champán, bastones de caramelo y un kit para montar una casita de jengibre. A mí siempre me pareció un comportamiento extremo, un poco yanqui. Leon se comía las planchas de jengibre tal cual salían de la caja, echándose el glaseado directamente en la boca. En todos los años de matrimonio no llegamos a montar la dichosa casita ni una sola vez.

Aquella noche Leon tenía los ojos brillantes, desbordado por el espíritu navideño. Nada más abrir, se plantó en la barra y me obsequió con una lenta pirueta.

¿Qué tal estoy?

Demacrado, respondí sin levantar el tono. Francamente desnutrido.

Leon se subió los pantalones, visiblemente dolido, se recolocó el saco al hombro y se perdió entre la multitud. Esa era nuestra dinámica: él era un idiota mimado; yo era fría. Sospechaba que buscaba amistad, algo parecido a un vínculo fraternal, pero yo me negaba a darle ni la más mínima muestra de afecto. Lo mío era castigarlo para siempre. Era mi trabajo, al fin y al cabo: era mi exmarido. Un gilipollas que nunca aprendería. Aun así, cuando volvió a la pista, recordé la primera Navidad que pasamos juntos, cuando me regaló una bici que había comprado de segunda mano en Gumtree y pintado con espray plateado. Llevaba una cestita medio podrida, sujeta con unas bridas. Apenas rodaba. Más tarde me dejé doscientas libras en la tienda de bicis para cambiarle todo menos el cuadro. El mecánico me aconsejó comprar una nueva, pero yo me negué. Ese verano —el primero de casados— Leon y yo pedaleamos por toda la ciudad, con una *baguette* asomando del cesto. Podría haber sido París, si no fuera por el despliegue de Tescos.

Aquella noche en la discoteca, los estudiantes se pimplaban los chupitos gratis de Leon, y Nim y yo apenas vendimos copas. Al final de la noche, el DJ puso *Last Christmas* y todo el local berreó la canción al unísono, bajo la nube espesa de maría que flotaba sobre la pista, con alguna que otra bocanada de vapeo de chicle intercalada. Nim y yo nos unimos al karaoke desde la barra. Yo llevaba un espumillón que un estudiante le había regalado a Nim y que ella me había enrollado al cuello a modo de bufanda. Cada una tenía un Baby Guinness en la mano. En el estribillo, Nim me tomó las manos y se las llevó al pecho mientras me cantaba. Yo me partía de risa. Era lo más cerca que había estado nunca de un villancico.

No volví a ver a Nim hasta el día de Navidad, cuando quedamos a las diez de la mañana en la playa para su chapuzón. Yo llevé vino caliente en un termo y porciones de pastel de frutas de supermercado, envueltas cada una en plástico. Había un grupito ya en la playa, desnudándose hasta quedarse en bañador. Un anciano, puro pellejo, se embadurnaba con un tarro de grasa de oca. Nim tenía las mejillas enrojecidas por el frío, moteadas como un sarpullido. Llevaba su sudadera gris bajo el abrigo de plumas, el cordón apretado y atado en un lazo, tapándose orejas y cabeza. Me sentí al borde del delirio al verla. La Navidad, para mí, siempre había sido cosa de mis padres y sus deprimentes rituales. Y ahora Nim se comía su porción de pastel en tres bocados y daba un buen trago de vino, aunque yo lo había traído para después del baño. Sonreí; su impaciencia me puso de buen humor. Estaba dando saltitos en el sitio y me confesó que estaba nerviosa por meterse en el agua. Ese día hacía un frío terrible.

No tienes por qué hacerlo, le dije.

Pero has venido hasta aquí.

¿Hasta aquí? Si tardo diez minutos andando.

Resopló, haciendo vibrar los labios. El aliento le olía a mazapán.

Joder, dijo. Se te da bien hacer que una chica se sienta especial.

Sentí cómo me ardían las orejas. Nim me lanzó una mirada de soslayo. Tenía el don de desarmarme, y lo hacía con una facilidad pasmosa. Se desabrochó el abrigo y se quitó la sudadera y la camiseta roja. Llevaba un bañador negro bajo el chándal, con unas rayas blancas que le

recorrían las costillas. Se bajó los pantalones, estreme-
ciéndose ya por el frío, y sin descalzarse se los acabó
quitando sacudiendo los pies. Su cuerpo era esbelto,
pero no flaco; la carne de los muslos se le balanceaba
mientras trotaba cuesta abajo por los guijarros hacia el
mar. El crujido de las piedras bajo sus pies se fue apa-
gando a medida que se alejaba. A pocos metros de la
orilla se quitó las zapatillas y metió los calcetines dentro.
El sol brillaba débil, con una luz aguada. Al entrar en el
mar, redujo la marcha: del trote pasó a una zancada lenta, sostenida solo por su propio ritmo. Cuando estuvo lo
bastante adentro, se lanzó de cabeza. Nadó hacia el horizonte con brazadas rápidas, tratando de calentar el cuerpo con el movimiento. Había cuatro o cinco personas
más en el agua, jadeando bajo sus gorros de lana, pero a
Nim se la veía de lejos: la cabeza rapada, oscura, contra
la llanura gris del mar. Fue la única que se atrevió a su-
mergirse del todo. Yo me senté en los guijarros, con las
piernas recogidas y la barbilla apoyada en las rodillas.

Cuando volvió, tenía los labios morados. El pelo tan
empapado que parecía apelmazado como el de una nu-
tria. Se enrolló en una toalla rosa y estuvo un rato saltando sobre los guijarros, con el agua del mar serpenteándole
por el vello de las piernas. Cogió mi porción de pastel y
se la comió sin preguntar. Alguien había traído un horni-
llo de gas y colocado una tetera encima, y le dieron té en
una taza de metal. El vapor parecía sólido bajo la luz es-
casa. Le pregunté a Nim si quería venir a comer a casa de
mis padres, y negó con la cabeza.

Van a pensar que soy una bala perdida.

Anda, por favor. La última persona que llevé a casa
por Navidad fue Leon.

Nim se echó a reír.

Vamos, que el listón está tan bajo que ya roza el infierno.

¿Eso es un sí?

Resolló y se bebió el poso de su té.

Supongo.

Fuimos andando desde la playa hasta Portslade. Tardamos casi una hora en recorrer la costa y luego subir por Hove. Hablé yo más que ella. Le conté la única Navidad que pasé con Leon y su madre en casa de mis padres: cómo Rita apareció con un vestido blanco de seda con cuello de plumas y se pasó el día fumando como un carretero dentro de casa, sin que mis padres se atrevieran a decir nada por educación. Cómo le regaló a mi padre un libro de mesa de *Playboy* y él se llevó tal susto al abrirlo que se le cayó en todo el pie, dejándolo cojo una semana. Encerrados en el salón para hacerle compañía, con el pie bajo una bolsa de guisantes congelados, acabamos todos pasados de copas, Leon el que más. Fue contando historias que estaban fuera de lugar, una tras otra, mientras yo sudaba y me ponía colorada, y Rita se desternillaba con la cabeza echada atrás, mientras la corona de papel se le iba resbalando hasta caérsele al suelo. Le vi todos los empastes de las muelas, la lengua teñida de negro por el vino, y fue la única vez que la vi fea.

La Navidad con Nim no tuvo nada que ver con aquel panorama. En casa de mis padres estuvo callada, impecablemente educada, ofreciéndose constantemente a rellenar las copas o ayudar a mi madre con la comida. Esquivaba las preguntas personales, contestando con otras preguntas o con cumplidos: lo acogedora que era la casa, lo rico que estaba todo. Comió una barbaridad, aceptando cada plato que le ofrecían, pero siempre preguntando antes si estaban seguros de que hubiera suficiente para todos. La vi con la boca llena en todo momento, así que pensé que lo hacía a propósito, para no tener que hablar. O quizá se estaba dando un atracón gratis mientras podía.

Después del postre, nos sentamos en el salón: Nim y yo en el sofá blanducho, mis padres en sus butacas. Hicimos un intercambio mínimo de regalos. Nada para Nim, porque nadie sabía que vendría, y yo no esperaba nada de ella. Me sorprendió que metiera las manos en los bolsillos y sacara tres piedras: una con un agujero para mi madre, otra atravesada por una perfecta línea blanca para mi padre, y para mí, una piedra plana, azul marino, lo bastante grande como para llenar la palma.

¿De dónde has sacado esto?, pregunté. No me digas que las has cogido ahora en la playa. Te habría visto.

Las colecciono desde que llegué aquí, repuso. Las llevo siempre encima. No sé ni por qué. Para ocasiones como esta, supongo.

Nim estaba de pie en el salón de mis padres, entregando sus regalos, con su chándal grande, la cabeza rapada salpicada de sal seca, una sonrisa tímida, los ojos fijos en la alfombra. Hubo un momento de silencio, y en él vi a mis padres —dos personas que jamás habían prestado atención a una piedra— dar la vuelta a las suyas en las manos. Pensé, en ese silencio, en lo rara que era Nim, en su forma de ser fascinante. No podía esconderlo, por mucho que lo intentara, por mucha timidez que sintiera, al menos por un periodo sustancial de tiempo. Mis padres le dieron las gracias. Pusieron las piedras en la repisa de la chimenea. Yo me guardé la mía en el bolsillo. Mi madre encendió la tele y trajo una caja de bombones Quality Street al sofá, señal de que ya se había acabado la interacción social del día. Nim se zampó seis bombones de golpe y se quedó dormida enseguida. Roncaba por la nariz, un resoplido irregular, como el de una mascota.

CAPÍTULO DIECISIETE

La discoteca no volvió a abrir hasta pasada la primera semana de enero, cuando arrancó el nuevo trimestre en la universidad. Solo vi a Nim una vez antes, cuando me llamó para preguntar si quería ir al muelle.

Para estrenar el año, dijo.

Nim, si ya estamos a día cuatro.

Bah, casi lo mismo, ¿no?

La encontré junto al puesto de donuts, en pleno aguacero. Se refugiaba bajo un toldo a rayas, con la cara pegada al cristal, mirando cómo la máquina grasienta soltaba círculos de masa en un caldero de aceite hirviendo. Me acomodé a su lado, empapada.

Hey, saludé.

Un curro de puta madre sería este, dijo Nim. Mira, casi no hace nada, y el olor es la hostia.

El hombre del quiosco metió unas pinzas en el aceite y giró los donuts, mostrando el dorado oscuro del otro lado.

No sé yo, contesté. Las salpicaduras de ese caldero deben de ser mortales.

Seguíamos sin cruzar la mirada, las dos con la nariz contra el cristal. El vaho empañaba la visión de Nim, y levantó una mano enguantada para apartarlo. Las pinzas volvieron a aparecer, sacaron los donuts flotantes y los pasaron por una bandeja de azúcar granulado antes de lanzarlos a una bolsa de papel, en la que ya habían empezado a aparecer unas manchas oscuras de grasa y que le tendieron a Nim a través de la ventanita.

Ojo, avisé al tipo. Esta te quita el curro.

No sé por qué solté eso; estaba algo eufórica aquel día. No temía que Nim dejara el Gunk por un puesto de donuts: sabía que se aburriría enseguida. Necesitaba estímulos para concentrarse y ser buena en lo suyo le importaba. Aunque, pensándolo bien, aquí tendría la vida más fácil: horarios razonables y la pasta probablemente sería la misma. En el club le pagábamos el sueldo mínimo, como en cualquier curro de hostelería de principiante. Apenas daba para sobrevivir, lo entendía: Brighton se había vuelto casi tan cara como Londres. En mi vida, la ciudad había pasado de pueblo costero a algo parecido a un barrio periférico de la capital, una ciudad dormitorio a la que cada año se mudaba más y más gente. Venían por la brisa marina, por el exotismo de los tenderetes de vestidos teñidos a lo *tie-dye* o anillos hechos con cucharillas, y habían vuelto inhabitable nuestra ciudad.

El hombre del quiosco parpadeó. Tenía las gafas completamente empañadas.

Necesitamos a alguien para los fines de semana, dijo.

Nim me enganchó del brazo, como para tranquilizarme, y lo apretó con fuerza. Pagó en efectivo los donuts, se quemó la lengua al primer mordisco y soltó un taco. La lluvia arreciaba. Todos los demás puestos estaban cerrados.

Has elegido un buen día para venir al muelle, dije.

El vapor de los donuts salía de su boca como el humo de un cigarro. La quemadura no parecía haberle quitado el apetito. Avanzamos hasta la mitad del muelle y nos metimos en el salón recreativo. Echamos unas monedas a las tragaperras. Tenía los labios ásperos, con el azúcar pegado como arena. Pagué un par de rondas en la máquina de baile, donde alguien había dejado cuatro latas vacías de Special Brew alineadas sobre la carcasa. Gané a Nim y me lo tomé en serio: ella era joven y yo no tanto. Llevaba el pelo empapado, y cada vez que daba un pisotón salpicaba unas gotas que le daban de lleno en la cara. Al salir del recreativo, culpó a esas gotas de haber perdido.

Era como estar bajo la ducha. Me distraías. Deberías raparte la cabeza, como yo. Así tendríamos un duelo justo.

Claro, la culpa es de mi pelo, no de tus dos pies izquierdos.

Nim se paró en seco, en mitad de la lluvia, con la boca abierta haciéndose la ofendida. Después de eso, nos rendimos a empaparnos. La lluvia se me colaba por cada una de las capas de ropa. Sentía los pies arrugados dentro de los zapatos. No sé qué nos dio a Nim y a mí aquel día. Actuábamos como dos borrachas, lo juro. Chocábamos las caderas al andar, y llorábamos de la risa. No recuerdo ni qué era lo que decía que me hacía tanta gracia. Las atracciones del muelle estaban todas cerradas por la lluvia, pero conseguimos colarnos en las camas elásticas y saltar un rato. En el centro de cada una había un charco aún retenido por la lona; al saltar, el agua salía disparada hacia arriba y caía a nuestro alrededor, sumándose al chaparrón. El suelo negro y elástico brillaba. La jaula estaba forrada de espejos deformantes tan rayados que apenas llegábamos a distinguir nuestra silueta.

Al final nos echaron de allí, una mujer de mediana edad con un paraguas enorme y un chaleco fosforito.

Venga, niñas, que ya habéis tenido bastante, nos gritó.

Salimos pitando antes de que intentara cobrarnos algo, y al llegar al extremo del muelle la lluvia ya aflojaba. Nos quedamos mirando entre las rendijas del entarimado —algunas tan anchas que cabía entera una mano— hacia el mar bajo nuestros pies y las vigas de hierro que nos sostenían. Las gaviotas, posadas sobre ellas, empezaban a sacudirse las plumas, listas para echar a volar ahora que la lluvia menguaba. Una a una desplegaron las alas al viento, se soltaron y remontaron el cielo abierto. Seguí a una con la mirada y vi que el sol empezaba a ocultarse, y la luz a fundirse, una bruma rosada y amarillenta que se alzaba en el horizonte.

Mira, Nim.

Una figura negra, redondeada, zumbaba en el cielo bajo. Se alargaba y luego se desvanecía al cambiar el ángulo.

¿Pero qué coño?, dijo Nim.

La figura volvió: un óvalo casi perfecto, con los bordes dispersos.

Son estorninos, expliqué. ¿Nunca los habías visto?

Jamás.

Ya verás, vendrán más.

Esperamos, y llegaron. Las figuras nítidas se unían y se dividían, como las burbujas de una lámpara de lava. Yo habría visto ese espectáculo unas cincuenta veces ya, y aun así me seguía fascinando. Nim los observaba callada, con el ceño ligeramente fruncido, aunque poco a poco se le fue suavizando. Cuando se dio cuenta de que la miraba, se puso incómoda y bajó la vista.

Qué profundo, ¿eh?, dijo.

Luego fuimos a por una pinta al *pub*. Había chimenea, y nos sentamos en la mesa más próxima, descalzándonos. Tenía los pies hechos polvo, la piel blanda y arrugada. El móvil se me había mojado en el bolsillo, y Nim fue a pedir a cocina un bol de arroz crudo para meterlo dentro, caminando descalza hasta la barra. Me contó que había estado allí en Nochevieja y, a las doce, había besado a una tía que se había operado la lengua para partirla en dos, como una serpiente.

Hostia, dije. ¿Y quedaba bien?

Qué va. Pero justo eso me molaba: que le diera igual.

Oye, dije, ¿y tu amiguita?

Nim le dio un trago largo a la cerveza.

¿Qué amiguita?

La que me contaste. Esa persona difícil de descifrar.

Ah, eso. Igual.

¿Igual?

Alzó la pinta contra la luz y entornó los ojos.

¿Está bien tu cerveza? La mía sabe rara.

Incliné la cabeza, intuyendo que quería cambiar de tema. Probé la mía.

Normal.

Le pasé el vaso a Nim para que probara. Dio un sorbo y se estremeció.

Puaj. La tuya aún peor.

Floja.

Me pasó el resto de su pinta y la rematé tras la mía. Nim se pidió un bol de cacahuetes tostados, lanzándolos al aire y cazándolos con la boca. Nos quedamos hasta que los calcetines se secaron. Cuando me los puse otra vez, estaban tiesos y olían a barbacoa. Después de eso, Nim y yo nos separamos. No pasaban de las cuatro, pero parecía medianoche.

CAPÍTULO DIECIOCHO

No volví a pensar en que Nim había rechazado aquella pinta hasta un mes después, cuando me dijo que se había quedado embarazada. Estaba en mi piso, sentada en el sofá, mordiéndose las cutículas. Eran las tres de la tarde. Yo había preparado café, pero ni lo había tocado.

Fue en el *pub* que caí en la cuenta, dijo. ¿Te acuerdas de que no pude beberme la cerveza?

Asentí. Tenía la boca seca.

Me di cuenta de que no recordaba la última vez que me había venido la regla, siguió Nim. Esa noche, al llegar a casa, me hice una prueba.

Me vino a la cabeza la imagen de ella cazando cacahuetes con la boca, la chimenea encendida, y preguntándose mientras tanto si estaría embarazada.

¿Y lo has sabido todo este tiempo?, pregunté. Eso fue hace semanas. Te he tenido currando un montón de noches seguidas.

Llamé a la clínica al día siguiente, repuso Nim. Llevo esperando cita para un aborto quirúrgico. No quería hacerlo en casa, con mi casero borracho como una cuba liándola abajo, y he tardado la vida en conseguirla.

Negué con la cabeza.

Tendrías que habérmelo dicho. Podrías haberlo hecho aquí.

Te lo estoy diciendo ahora, Jules.

La verdad es que me dolió que me lo hubiera ocultado, por muy egoísta que fuese ese sentimiento. Me preocupaba lo que significara para nuestra amistad el hecho de que no se hubiera sentido capaz de contármelo al momento. Y entonces lo entendí:

Es de Leon, ¿verdad?

Su asentimiento fue tan leve que apenas se notó.

Supongo que la píldora del día después falló, dijo. He oído que puede pasar.

Solté un resoplido, que sonó como el tubo de escape de una moto.

¿Cuándo es la cita?

Mañana.

¿A qué hora?

A las diez.

Iré contigo.

Es…

Luego vuelves aquí, la interrumpí. Te quedas el tiempo que necesites. Y no vuelves al curro hasta que estés recuperada del todo, Nim, así que ni lo intentes.

Jules…

La miré.

He estado pensando, dijo. Tú quieres un bebé, ¿no?

Parpadeé. La pregunta me pilló tan desprevenida que al principio no entendí a qué se refería. Poco a poco capté lo que quería decir.

Ay, Nim…, me había levantado para hablarle, pero me dejé caer en el sofá a su lado. No podría.

¿Por qué no?

Me pasé la mano por el pelo.

No estaría bien, dije. Ni siquiera sé si sería legal.

Nim se encogió de hombros.

Me da igual lo que sea legal. Es mi bebé, hago lo que quiero.

La miré, sin pestañear. Iba completamente en serio.

No me mires así, continuó. No es que sea provida ni nada de eso. Solo pienso: tú quieres un bebé y yo tengo uno. Tiene todo el sentido del mundo.

No tiene ningún sentido, repliqué.

Nunca debí acostarme con Leon, Jules. Fue una cagada. Pero podemos arreglarlo. Podemos darle la vuelta.

No hace falta que hagas eso. No pasa nada.

Claro que pasa, terció. Tenía los ojos vidriosos, se los restregó con el puño. Cría tú a este bebé. Quiero que lo hagas.

No puedo, susurré. Gracias, Nim, pero no puedo.

¿Por qué? No me has dado una razón de peso.

Suspiré.

Creo que lo estás subestimando. No puedes llevar un bebé dentro, parirlo y luego entregarlo sin más.

Claro que sí. Hay gente que lo hace. Vientres de alquiler, adopción. Eso pasa cada día.

Estás siendo ingenua.

Se encrespó al oír eso.

No me trates como a una cría.

Negué con la cabeza.

Lo que no entiendo es por qué querrías hacerlo.

Nim me sostuvo la mirada, larga, firme. Ya no fruncía el ceño, pero su expresión se mantenía igual de severa.

Me gustas, Jules. Me importas. Quiero que tengas lo que deseas. ¿No te basta con eso?

Me llevé la mano a la frente y me masajeé la piel. Su generosidad me descolocaba. No era suficiente: quería que ella también quisiera algo de mí.

Te pagaré, dije.

Se echó a reír.

Por favor, dime que es broma.

Crucé los brazos, a la defensiva. Nim se mordió el labio.

Llevo semanas dándole vueltas, Jules. Por eso no te lo conté antes. Quería estar segura.

Negué, esta vez con menos fuerza. Sentía cómo mi resistencia empezaba a flaquear.

Piénsatelo, continuó. Tómate tu tiempo.

No tenemos tiempo, Nim. Mañana tienes el aborto.

Entonces se levantó, empezó a ponerse la chaqueta. Yo la miré, intentando adivinar alguna señal de que su cuerpo hubiera empezado a cambiar bajo esa ropa holgada, pero aún era demasiado pronto.

Nos vemos en la discoteca, dijo.

No, no te veré. Haré que alguien te cubra.

Parecía a punto de protestar, pero se contuvo. Quizá optó por dejar que me llevara la victoria de esa pequeña batalla para ganar ella la grande.

Llámame por la mañana, dijo.

Escuché cómo se cerraba la puerta, y el pitido del ascensor antes de descender. Le di vueltas a su idea una y otra vez en la cabeza, hasta que todo giraba tan rápido que apenas podía pensar. Cerré los ojos y no pude evitar imaginar al bebé. No era una imagen, en realidad, sino una sensación: de calma, de calor, como el peso de un gato sobre el regazo. Poco a poco recuperé la serenidad y el torbellino se volvió un arrullo.

¿Lo sabía ya entonces? Quizá sí, aunque creo que necesité unas horas más. Necesité mi turno de esa noche en el club, trabajando sola en la sudorosa penumbra, viendo a Leon meterse una llave en la nariz entre la nube hinchada de la máquina de humo. Me bastó ese pánico repentino a que él fuera un padre inepto, seguido de la certeza de que ya lo había sabido todos los años que estuvimos casados, y aun así, no me impidió ni una sola vez soñar con quedarme embarazada de él. No me asustaba la idea de ser madre soltera; de hecho, lo prefería. Era una maniática del control, me iba mejor quedándome al mando yo sola. En los tú a tú me desenvolvía mejor, y gestionar varias relaciones a la vez se me hacía cuesta arriba. Además, mis padres juntos nunca me dieron solidez, sino asfixia. Estaba convencida de que con un solo progenitor era suficiente.

Al terminar la noche, cerré el local, caminé hasta casa, dormí cuatro horas y al sonar la alarma llamé a Nim, con la voz aún pastosa de sueño.

Lo haré, dije.

¿En serio?

Sí.

Pues llamo ahora mismo a la clínica. Cancelo.

Nim…

Mm.

¿Te mudas aquí durante el embarazo?

Ni siquiera sabía que iba a decirlo hasta que lo solté. Lo había pensado, sí, pero no con la intención de pedirlo tan pronto.

Hubo una pausa.

No tienes por qué, aclaré. Solo pensé que estarías más cómoda, y te ahorrarías el alquiler.

Me encantaría, respondió.

Ah, dije. Vale. Vale, genial. Cuando quieras, entonces.

¿Jules?

¿Qué?

Estoy contenta. Para que lo sepas. Con lo del bebé, digo. Creo que es lo correcto.

Se me humedecieron los ojos. Por un momento no supe qué decir. Mi vida había sido insignificante y oscura durante tanto tiempo, y ahora Nim había entrado a la fuerza y la había hecho estallar. Todo a mi alrededor eran esquirlas. Levanté la vista y me topé con un cielo a retazos.

CAPÍTULO DIECINUEVE

Nim se mudó casi de inmediato, con nada más que una mochila a la espalda. Yo no había preparado nada para ella, ni en lo material ni en lo emocional. De hecho, había infravalorado por completo lo distinta que se volvería mi vida al vivir juntas. Había resuelto que se mudara a mi piso con el mismo arrebato con que le había propuesto criar a su bebé. Una decisión tan enorme que eclipsaba cualquier otra cosa. La recibí tímidamente, con una galleta de chocolate y la insistencia de que ocupara mi cama. Durante casi un mes dormí en el sofá, acalorada dentro de un saco de dormir de nailon, con las caderas doloridas cada mañana y el cuello agarrotado. Comíamos distintas sopas que yo misma preparaba y servía con pan de ajo sacado del congelador del súper.

Cuando me pilló mirando futones en el portátil, me propuso compartir la cama. Yo intenté negarme, consciente de que podía agobiarla en su estado, pero ella insistió.

Es absurdo comprar algo solo para estos meses, dijo. Guárdate ese dinero para el bebé. Además, en la cama cabemos de sobra.

Desde el principio, el plan de Nim era marcharse en cuanto naciera la criatura. Yo le había ofrecido buscarle un piso y pagarle los primeros meses de alquiler para que tuviera dónde recuperarse tras el parto. Ella aún no había aceptado, tan reacia como era a que le echaran una mano, pero para mí era la solución evidente.

La primera noche que compartimos cama, Nim durmió como un tronco, sin apenas moverse, con una respiración honda y pesada. Yo me pasé horas despierta, incapaz de encontrar la postura, reprimiendo mis ganas de dar vueltas, lo cual solo me hacía ser más consciente de que no podía conciliar el sueño. No compartía cama con nadie de forma regular desde Leon, y ya no estaba acostumbrada. A la mañana siguiente, Nim se levantó temprano y yo seguí durmiendo. Cuando por fin me levanté, estaba en el sofá, desayunando tostadas.

Nunca te levantas antes que yo, le dije.

Ya, lo sé. He dormido genial. Mejor que en meses, de hecho. ¿Y tú? ¿Has dormido bien?

Sí, mentí. Bien.

Desde entonces, seguimos compartiendo cama. Con las semanas me acostumbré a tenerla allí, y pronto volví a dormir como siempre. Era curioso, meternos juntas por la noche, yo estirando el brazo para apagar la lámpara. A veces nos entraba la risa tonta, más que nada por lo raro de la situación, por lo cerca que estábamos de ser una pareja heterosexual que esperaba un bebé, y al mismo tiempo por lo lejos. Nos moríamos de la risa, tumbadas, con esa carcajada contagiosa y el dolor en los costados. Al final, nos quedábamos en silencio, dormidas.

Por entonces, reduje las horas de Nim en la discoteca, aunque le pagaba lo mismo. Yo le habría prohibido trabajar del todo, pero se negó: se aburriría sin los turnos. Detrás de la barra seguía siendo igual de eficiente, irradiando aquel encanto raro que tenía. El embarazo quedó como un secreto solo nuestro, insinuado cuando yo corría a quitarle un cajón de encima o la mandaba a casa antes de tiempo. Lo llevábamos entre las dos, compartiéndolo como dos pingüinos custodiando un huevo.

En casa, mis intentos de cuidarla no le sentaban nada bien. Llenaba la nevera y los armarios de tentempiés nutritivos, probaba recetas que encontraba por internet de magdalenas de superalimentos o bolitas energéticas, y aun así volvía a menudo a casa y me la encontraba hirviendo unos fideos instantáneos. Al principio, le hacía toda la colada, tendía sus chándales sobre los radiadores o las puertas, hasta que me echó la bronca: no le gustaba que sus cosas estuvieran demasiado limpias. Todo estalló una mañana, cuando nos quedamos sin leche. Se ofreció a salir a por ella y yo intenté darle el dinero. Puso los ojos en blanco, dejó las monedas con un golpe sobre la encimera y salió dando un portazo. Cuando volvió traía más leche de la necesaria, solo para demostrar que era capaz de hacerlo, y me dio por preparar gachas cada mañana para gastarla. Ya me había dado cuenta entonces de que la estaba irritando, de que, aunque debía haber aprendido de mis padres a no atosigar a la gente, no lo había hecho. Le pedí perdón a Nim por eso, mientras comíamos gachas.

A veces me preocupa que sea imposible no acabar pareciéndonos a nuestros padres, dije.

Uf. No digas gilipolleces de esas, soltó Nim.

Nunca me había contado mucho de su familia, solo dejaba caer pistas como esta, que yo no me atrevía a retomar ni a preguntarle. Podía ser tan cortante cuando quería;

bastaba un gesto de labios o de cejas para dejarme hecha polvo.

No te cuido porque piense que no seas capaz, le aclaré. Es porque me estás dando un bebé, Nim. Sé que nada de lo que haga puede compensarlo, pero al menos podrías dejar que lo intente.

Frunció el ceño.

Esto no es un trueque. No te estoy cambiando un hijo por leche y la mitad de la cama. Te estoy *dando* un hijo porque soy la hostia de generosa, ¿vale?

Nim tenía esa habilidad, en el momento justo, de darle la vuelta a una bronca y convertirla en un chiste. Aun así, jamás cedía terreno.

Fuera de estas pequeñas luchas de poder, vivir con Nim era un consuelo. Veíamos telebasura, caminábamos por el paseo marítimo, nos inflábamos a tazas de té. Nim seguía con la natación, y yo muchas veces la acompañaba y me quedaba mirando. Cuando me tocaba turno sin ella, con contarle al día siguiente lo que había sucedido ya se me pasaban los enfados. Que Leon era un inútil; Carlos, demasiado blandito; y los estudiantes, exigentes. Volvía a casa, lo soltaba, y con Nim nada importaba. Su compañía me calmaba, y el bebé en su vientre lo ponía todo en perspectiva.

Hubo gestos, además, en los que la convivencia parecía casi romántica. Como aquel San Valentín, cuando el suelo de grava de la zona de fumadores estaba sembrado de colillas teñidas de carmín, y yo volví a casa a las cinco y media y me encontraba un tarro de cristal con agua en la encimera, con una única rosa dentro. O cuando pillé un resfriado y Nim me preparó una bolsa de agua caliente y la metió bajo el edredón mientras dormía. Yo pensaba que nos reíamos de nosotras mismas, de lo cerca que estábamos de ser pareja, pero sin serlo. Ella tendría al bebé, y luego se marcharía. Esa era la gran vuelta de tuerca. ¿Qué otra cosa podíamos hacer salvo reírnos?

Seguía convencida de que no sentía una atracción romántica hacia ella. Podía ponerme nerviosa, hacerme sonrojar, sí, pero era porque la admiraba, porque me resultaba indescifrable. Tenía un pasado repleto de secretos y una vida nueva floreciendo en el vientre. Su fortaleza me intimidaba, su generosidad aún más. Aunque me pareciera guapísima —siempre me lo parecía—, nunca me planteé besarla. Tenía dieciocho años, era una cría y, aunque no lo admitiera, vulnerable. Estaba embarazada, sin un duro y sin apoyo familiar. Si hubiera tenido diez años más, quizá. Si yo me hubiera considerado alguna vez que me sentía atraída por las mujeres, quizá. Pero no se daba ninguna de esas condiciones. Era mi amiga, y una de las mejores que había tenido nunca.

Quizá lo que más me gusta recordar de su embarazo fueron esos primeros días, cuando nadie lo sabía salvo nosotras, cuando no había preguntas incómodas que responder ni opiniones externas. El piso se volvió una especie de útero, con los cristales empañados en pleno invierno, la calefacción a tope porque me obsesionaba que Nim pasara frío, el mundo exterior apenas visible, y las paredes funcionando como una membrana. La tripa de Nim no empezó a notarse hasta los cuatro o cinco meses y, aunque me fascinaba ver los cambios que se producían en su cuerpo, es cierto que antes de que se notara fue cuando más felices estuvimos. Entonces el bebé parecía tan lejano que a veces me preguntaba si no nos lo estaríamos inventando, mimándonos la una a la otra con una fantasía absurda y hermosa. Y había días en que eso me resultaba preferible a la realidad agridulce del parto, ese momento en el que yo tendría a mi bebé, pero Nim ya no estaría. Cuanto más se acercaba la fecha del parto, más se acercaba también nuestra separación.

CAPÍTULO VEINTE

Llegó la primavera, brotaron hierbajos entre las grietas de las losas y a finales de marzo ya era imposible ocultar el embarazo de Nim. Recorría la ciudad con la sudadera abierta, la tripa redondeada asomando sobre la cinturilla. Seguía bañándose en el mar con el mismo bañador, que iba rellenando día tras día, hasta que las rayas deportivas comenzaron a curvarse ligeramente. Una noche se presentó a trabajar en la discoteca con el bañador a modo de camiseta, combinado con el chándal, y un estudiante especialmente avispado notó la ligera curva de su vientre y le gritó una enhorabuena desde la barra. Supe entonces que tendría que contárselo a Leon, antes de que se enterara por otro. Sabía también que, una vez se lo dijera, no tardaría en ser *vox populi* en el club. A él nunca le había importado airear sus miserias en la zona de fumadores; al contrario, parecía que lo disfrutaba. Le venía bien cualquier dosis de lástima o de asco, con tal de que su nombre estuviera en boca de alguien.

Me planté en su piso sin avisar. Casi nunca descolgaba el teléfono; llamarle antes era perder el tiempo. Crucé la ciudad a primera hora de la tarde, bajo un sol que empezaba a calentar y los árboles en flor. Respondió al interfono tras pulsar cinco veces, cuando ya llevaba casi un minuto apretando el botón. Por la voz, supe que acababa de despertarse. Dentro, el aire estaba viciado a tabaco y las paredes amarilleaban por el humo. Entorné una ventana y retiré un nido de ropa y discos sin funda del sofá para que pudiéramos sentarnos. El cuero estaba cubierto de hebras de tabaco, que fui quitando con las manos. Hacía años que no entraba allí, y de inmediato sentí cómo me remontaba a la persona que había sido durante aquel matrimonio: herida y harta.

Leon, llamé. ¿Dónde estás?

Me había abierto la puerta, la había dejado entornada y había desaparecido en el dormitorio antes incluso de que yo entrara. Supuse que se estaba vistiendo, pero enseguida pensé que quizá se había vuelto a meter en la cama.

¿Leon?, grité otra vez.

Al fin apareció tambaleándose, apartándose el pelo enmarañado de la cara con una mano en garra. Llevaba un agujero enorme en la camiseta que dejaba al descubierto un semicírculo de piel azulada y unos pelos oscuros esparcidos en el vientre. De los labios agrietados le colgaba, como siempre, un cigarro. Me sonrió con sorna.

Mira, empecé. Tengo que decirte algo.

Se dejó caer en el sofá, aún con la sonrisa en la boca.

Suena chungo.

Era como viajar atrás en el tiempo. Perdí la cuenta de las veces que lo senté en ese mismo sofá para echarle en cara otra mujer, o el dinero que había sacado de la cuenta de la discoteca, lo que supuso que nos devolvieran las nóminas de nuestros trabajadores, para que él se riera y me mirara como si me faltara sentido del humor. Fue allí donde le dije que me iba, que había encontrado piso y que pedía el divorcio. Recuerdo que al principio resopló, incrédulo, y que luego lloró cuando comprendió que iba en serio. Llegué a ponerle una mano en el hombro para consolarlo, y de inmediato la retiré, enfadada conmigo misma. Hubo otra vez, dos o tres años antes, en que le propuse abrir la relación para ahorrarme la humillación de sus cuernos.

No podemos ser abiertos, me dijo entonces. Me pondría celoso.

Me miró como si yo fuera cruel, como si sus sentimientos no me importaran.

¿Y si te enamoras de otro?, susurró.

¿Y si lo haces *tú*?, le respondí. Me has engañado una y otra vez.

Él se limitó a reír, sacudiendo la cabeza. Siempre lograba darle la vuelta a sus líos para parecer un crío atolondrado que acababa en la cama de las alumnas sin querer, colocado o borracho, y dejarme a mí como la que exageraba, la que hacía una montaña de todo, acusándolo no solo de infiel sino de explotador. Muchas de nuestras broncas por sus cuernos acabaron con mis gritos, desquiciada, mientras él observaba, divirtiéndose con mi sobreactuación o, peor aún, llorando y acusándome de hacerle *bullying*. Con el divorcio repitió el mismo guion. No admitía que él me había empujado a ello: era yo quien lo abandonaba, yo la que solo veía sus defectos, yo la que montaba un drama de la nada. Después del divorcio, se desentendió del todo de la gestión del local y me dejó el marrón, alegando que sufría depresión. El mismo día que me mudé, me llamó Rita: media hora de reproches por el sufrimiento que le causaba a su hijo.

Cariño, me dijo. Él no me lo ha pedido, pero no puedo quedarme de brazos cruzados. ¡Irte así, de repente, sin tan siquiera avisar! Con lo frágil que es… ¿Ya has olvidado que tiene un problema de salud?

Estuve a punto de contestarle que, si tanto le preocupaba el corazón de Leon, mejor que le hablara de la cocaína. Pero me mordí la lengua y dejé el móvil en altavoz mientras desembalaba una caja de platos.

Por eso esperaba algo parecido ahora. Una risa para comenzar, luego un llanto sincero, quizá alguna llamada de Rita más adelante para defenderlo. En vez de eso, me encontré con un Leon parco, casi indescifrable. Le conté que Nim estaba embarazada, que el bebé era suyo, que ella me había pedido que lo criara y que yo había aceptado. Le observé el rostro todo el tiempo, esperando una reacción. Nada. Encajó la noticia con una mueca, mirando no a mí, sino a la pared un poco a mi derecha. Se encogía sobre sí mismo, ya no despatarrado en el sofá sino tenso, meneando el pie sin parar.

¿Leon?

Sí.

¿Me estás escuchando?

Sí.

El bebé vivirá conmigo, continué. Lo criaré como mío. Pero, cuando tenga edad suficiente, no pienso mentir. Le hablaré de ti y de Nim. ¿Te parece bien? Si quieres implicarte más, podemos hablarlo.

Acabó el cigarro y se lio otro.

No, dijo sin mirarme.

¿No?

No quiero implicarme. No quiero que el crío sepa nada de mí.

Cerré los ojos un instante y respiré hondo. Entendía que sería más fácil no tener que lidiar con un padre como Leon, con su inconstancia y su irresponsabilidad. Aun así, me dolió su brusquedad. En nombre del bebé, me dolió.

Puedes pensártelo. Tenemos años antes de que surja la cuestión.

No necesito pensármelo, Jules.

Brighton es una ciudad pequeña. Nos cruzaremos en la calle, y ya ni hablemos del club.

Tendrás que dejar el club.

Asentí despacio.

Si es lo que quieres, vale. Aunque me parece precipitado. Ya sé que no es la situación más convencional, pero…

El club es mío, ¿recuerdas?

Me pasé la lengua por los labios.

¿Y quién lo va a llevar?, pregunté.

Yo.

No puedes llevarlo tú solo, Leon. No vales para eso. Ni para el club, ni para ser padre.

Gracias, Jules. Te lo agradezco.

Lo dijo mascullando. Después, volvió a clavar la vista en la pared. Nunca lo había visto tan ausente. Me dieron ganas de zarandearlo.

¿Te has metido algo?, susurré.

No, Jules. Joder.

Vale, vale. Perdona.

Apretó tanto la mandíbula que se le marcaron aún más los ángulos. Tenía un aspecto envejecido y enjuto, con unas bolsas oscuras bajo los ojos.

Enhorabuena, dijo. ¿Es lo que me toca decir?

Resoplé por la nariz.

Solo si lo sientes.

Seguía sin mirarme.

Bueno, añadió. Sé que siempre quisiste un hijo.

Fruncí el ceño.

¿De veras? ¿Y por qué nunca lo mencionaste?

Pensaba que era culpa mía. Que era estéril. No quería darte otra excusa para dejarme.

Con Leon siempre era imposible saber si hablaba en serio o si se hacía la víctima. Esta vez le di el beneficio de la duda.

No fue culpa tuya, dije. Ahora sabemos con certeza que no, ya que has dejado embarazada a otra.

Al menos algo fue cosa mía, susurró. Inspiró hondo y me miró. Sus ojos parecían huevos pasados de cocción: iris amarillentos, un círculo gris antes del blanco.

Me odio más de lo que tú me odias, si eso sirve de algo.

No sirve de nada, Leon. Joder.

Cuando estábamos casados, me había descargado una *app* para controlar la ovulación, pero nunca se lo conté. Después de acostarnos, me metía en el baño y hacía el pino apoyada contra las baldosas frías. Nunca hablamos abiertamente de tener un hijo, aunque yo dejaba caer indirectas. Le decía a Rita cuánto me gustaban los niños. Le advertía a Leon que no tomaba anticonceptivos, y el hecho de que él jamás usara condón lo interpretaba como una señal de que estaba abierto a ser padre. La verdad era que rara vez los usaba con nadie, y nada tenía que ver con proyectos de paternidad. Durante el matrimonio, me pegó tres clamidias.

Como nunca discutimos de verdad lo de tener un bebé, tampoco reconocimos jamás que yo no me quedaba embarazada. Él no sacaba el tema y yo pensaba que era porque no le daba importancia y porque me esforzaba demasiado en ocultar mi desesperación. Ahora comprendía que no lo había disimulado del todo. Algo de mi anhelo se le había escapado. ¿Por qué sentía esa necesidad de mantenerlo tanto en secreto? Porque pensaba que me hacía ver necesitada, y la necesidad me parecía fea. Siempre fue Leon quien lloraba cuando le echaba en cara sus infidelidades; yo jamás derramé una lágrima.

Mi madre nunca habló conmigo de sus dificultades para concebir, ni de sus abortos. Aún recuerdo con claridad cuando me dijeron que iba a tener un hermanito: corrí al cole a contarlo a voces, orgullosa. Aquella tarde, al volver, mi madre se había metido en la cama a las cuatro y había un olor raro en el pasillo del baño, a monedas. Mi padre y yo cenamos unos bocadillos y me lavé los dientes en el fregadero. Nadie mencionó al bebé, pero yo lo sabía. A la mañana siguiente, mi madre ya estaba levantada, aunque apenas. Tenía el rostro macilento, casi translúcido, como si pudiera atravesarlo con la mano. Una semana más tarde, mis compañeros me preguntaron para cuándo llegaba mi hermano. Les dije que me lo había inventado. Lo solté sin levantar la vista de la fiambrera, y después sentí cómo se miraban entre ellos, recordando una vez más que yo era rara, una friki, y que esa rareza era la razón por la que siempre me quedaba con los críos pequeños en el patio, en lugar de con amigos de mi edad.

En el sofá, observé cómo Leon se arrancaba un pellejo seco del labio con los dientes y se lo tragaba. Tenía razón: siempre había querido un hijo, y durante años no había querido cualquiera, sino el suyo. Había rezado por eso. Y ahora, allí estábamos. Algo se había ido torciendo durante mucho tiempo, y al fin se había enderezado. Así lo creí entonces.

Siempre estaremos en la vida del otro, Leon. Lo sabes, ¿no?

Se encogió de hombros.

Te toca aguantarme.

Esbocé una sonrisa. Sentí lástima, pero no sabía de qué exactamente. Cuando conocí a Leon, lo convertí en un dios; después, en un duende. La verdad era que estaba a medio camino, como todos.

¿Ya hemos acabado?, me preguntó.

Sí.

Me levanté.

¿Nos veremos en la disco, o quieres que lo deje ya mismo?

Frunció el ceño, acordándose. Me pregunté si solo me había exigido dejar el club por despecho. Eso esperaba.

No, respondió. No todavía.

Decidí que esa respuesta bastaba, al menos por el momento. Alcé la mano en un gesto inútil, pero Leon ya se estaba liando otro cigarro y no levantó la vista.

CAPÍTULO VEINTIUNO

Me equivoqué con Leon. No fue contando el embarazo de Nim por toda la zona de fumadores. Después de aquel día en su piso, apenas volvió a hablar. Vagaba por la discoteca con la misma mirada ausente con la que había recibido la noticia, con ese gesto lejano, como de estar en otra parte. Cada vez que le dirigía la palabra, parecía mirar más allá de mí, procesando solo a medias lo que decía, si es que lo procesaba. De la noche a la mañana, se volvió una figura inquietante, merodeando por el borde de la pista de baile, siempre solo. Claro que lo de pasarse de rosca no era ninguna novedad en él: no eran raras las noches en las que acababa soltando incoherencias o desmayado en cualquier lado menos en su cama. Pero esas noches de desfase las compensaba con otras en las que era endiabladamente magnético, desbordando *sex appeal*, con sus chistes envenenados capaces de arrancar una sonrisa hasta a Carlos. Incluso, de vez en cuando, a mí.

Después de contarle lo de Nim, estas últimas noches desaparecieron. Ese Leon quedó engullido por la ketamina, por las pastillitas azules que supuse que eran Valium. Le pegaba a los calmantes con más fuerza que nunca. Y eso me preocupaba. Durante semanas, lo observé desde detrás de la barra, siguiéndolo con los ojos cuando vagaba por la pista. Esperaba que fijara la vista en alguna chica nueva, que se dejara arrastrar por un flechazo capaz de sacarlo del agujero oscuro, aunque solo fuera por una noche, por una hora. Por primera vez en todos los años que lo conocía, recé para que echara un polvo. Pero las semanas se convirtieron en un mes y ninguna chica apareció. Ni siquiera miraba los rostros de la multitud, no de verdad. Su cuerpo estaba allí, en el club, pero él no.

Y poco a poco, ni siquiera el cuerpo. Dejó de aparecer cada noche que abríamos; venía una de cada dos, luego una de cada tres. Al principio, lo tomé como una buena señal. Pensé que por fin había reconocido que tenía un problema y trataba de poner distancia con la fiesta. En realidad, se estaba metiendo la misma cantidad de drogas, o más, solo que en su piso, a solas. Lo descubrí una noche en que le llamé para preguntarle dónde estaba y balbuceó una respuesta que delataba que iba colocado. Me sorprendió que hubiera cogido la llamada, siquiera. Yo estaba en la calle, frente a la discoteca, con el móvil pegado a la oreja y habiendo dejado a Nim dentro, atendiendo la barra. La noche era naranja, con las fachadas de las tiendas y las farolas abrasando la oscuridad del cielo. Hacia el paseo marítimo aún se distinguían algunas estrellas, después de que la contaminación lumínica se fundiera a negro sobre el mar. Leon decía algo que no lograba entender. Al fondo de la llamada se oían voces apagadas, acentos americanos. Creí que estaba acompañado, hasta que reconocí la musiquilla de una serie y comprendí que era la tele. La idea de que se colocara solo me repugnaba. Leon era un animal social, un actor: vivía de tener público. Giraba hacia la atención de la gente como un girasol hacia la luz.

Quizá debería haber ido esa noche, haber comprobado cómo estaba. Quizá, de haberlo hecho, las cosas habrían cambiado. En vez de eso, le dije que bajara de una vez al club.

Voy a matarte, le solté, como no vengas antes tú.

Colgué enseguida. Ni aunque hubiera querido podía dejar sola a Nim en la barra. Estaba de cinco meses y, aunque nunca se quejaba de trabajar, yo sabía que por las noches —cuando dormíamos juntas— se le acalambraban las piernas de pasar tantas horas de pie. A veces se despertaba de madrugada, jadeando de dolor, y yo le estiraba los músculos, moviéndole las piernas en círculos o tirando de los tobillos. Yo seguía queriendo que dejara la discoteca, y ella seguía negándose. Le había sugerido que hiciera otra cosa —como enviar correos, llevar las cuentas—, pero las dos sabíamos que aquello no iba con ella. Se ponía de los nervios si se quedaba demasiado tiempo encerrada. Cuando no dormía, estaba nadando, comiendo o recorriendo la ciudad. Nim no tenía *smartphone*, y solo veía la tele cuando yo la encendía. Aun así, yo insistía. Me preocupaba que se agotara.

¿Qué clase de embarazada trabaja en una discoteca?, le pregunté.

Esta, contestó ella, fulminándome con la mirada. Yo sigo existiendo para mí, Jules. Sigo necesitando algo de vida. Qué fácil para ti, entrando y saliendo cuando te da la gana, siempre con algo en la cabeza, y de repente te cae un bebé en verano. ¿Y yo mientras tanto? ¿Me pudro en casa?

Me pareció injusto. No lo había dicho en ese tono, y ella lo sabía. Aun así, me disculpé. Era lo más sensato con Nim: yo no sabía plantarle cara. Era demasiado rápida;

siempre tenía la respuesta perfecta. Por entonces discutíamos cada vez más, y siempre era yo la que cedía primero. Otra discusión había sido si hacer oficial o no nuestro plan de que yo criara al bebé. En mis pesquisas había leído que, si quería adoptarlo legalmente, debía solicitarlo ya en los tribunales. Llamé a un número que encontré en internet, hablé con una asistenta social. Me mandaron formularios para rellenar y me explicaron que debía organizar una visita al piso y varias entrevistas, con Nim y conmigo, antes de que me dieran el visto bueno. Desde el nacimiento, el bebé podría vivir conmigo, me aseguraron, en calidad de acogida; pero la adopción —y con ella mis derechos parentales— tardaría mucho más en resolverse. Tomé notas durante la llamada y luego se las llevé a Nim, para no meter la pata. Aún no les había contado nada a mis padres, y quería poder explicarles bien cómo iba la parte legal. Sabía que se lo tomarían mejor si todo estaba atado. Mis padres creían en las instituciones; les gustaba que todo estuviera en regla.

Que les den, soltó Nim cuando le enseñé las notas. No pienso hablar con ninguna asistenta social.

¿Por qué no?

Porque no quiero que metan la nariz en mi pasado. Firmo lo que quieras, pero no pienso hablar con nadie.

No creo que sea posible, Nim. Tienen que asegurarse de que no te estoy sobornando.

Anda ya. Yo tendré el bebé, te lo daré y me iré. Pondré tu nombre en el certificado de nacimiento, en vez de un padre, y así tendrás todos los derechos. Más fácil imposible.

Después comprobé que, en efecto, Nim había hecho su propias pesquisas. Yo la tenía por alguien que pasaba de la logística, de la burocracia absurda de la vida. Pero tenía razón: desde 2014, la ley permitía que ambos miembros de una pareja gay aparecieran en el certificado de nacimiento. Aun así, a mí me preocupaban los primeros días tras el parto, antes de poder ir al registro. Se lo dije, y Nim me lanzó su mirada más severa, esa que conseguía encogerme por dentro.

No pienso hablar con ninguna asistenta social. Ni de coña.

Más de una vez sospeché que Nim mantenía su pasado en secreto a propósito, que alimentaba el misterio por diversión. Me la imaginaba como la hija mediana, caprichosa, con un trampolín en el jardín. Seguro que se fugaba para llamar la atención, mientras sus padres discutían tras las cortinas de encaje, a medio camino entre la preocupación y el alivio. Esa fantasía mía era mezquina, lo sabía. Además, me duraba poco. Nim nunca me había parecido ni fanfarrona ni mentirosa. Lo más probable era que su pasado fuera mucho más oscuro de lo que yo podía imaginar. Eso no me impedía especular, o al menos *intentarlo*. La curiosidad me empujaba a inventarme todo tipo de traumas. Hasta me divertía, me daba una satisfacción breve pero intensa: me convencía a mí misma de haber descifrado algo del pasado sombrío de Nim, de haber profundizado en mi escaso conocimiento de ella. No era más que una ilusión, pero la ilusión era mejor que nada.

La ecografía de las veinte semanas llegó pocos días después de aquella bronca sobre la asistenta social. Yo había ido a todas sus citas con la matrona: esperaba en las sillas plegables mientras le sacaban sangre o le pedían una muestra de orina. Para la ecografía le supliqué entrar con ella.

No sé, dijo. La última vez apenas miré.

No pasa nada. No tienes que mirar. Pero yo sí quiero.

Se encogió de hombros, y supe que eso era lo más parecido a un sí que iba a obtener.

La sala del hospital estaba oscura y olía a enjuague bucal. La ecografista llamaba a Nim por su nombre real: Mina. Yo lo había oído ya en las consultas, cuando lo voceaban en la sala de espera. Durante la ecografía Nim me lanzó una mirada.

Prefiere que la llamen Nim, aclaré rápido.

La mujer revisó sus notas. Me pareció un poco arisca. Aunque era tarde y debía de estar cansada.

Tú debes de ser la esposa, supuso. Jules, ¿verdad?

Nim se apresuró:

No estamos casadas, en realidad. Debería poner pareja.

La ecografista volvió a mirar las notas, alzó una ceja. Agarró el tubo de gel y lo agitó una vez para que bajara el contenido. Nim, captando la indirecta, se levantó la camiseta. La mujer apretó el gel sobre la piel desnuda. Vi cómo a Nim se le erizaba la barriga. Luego presionó con el sonógrafo, y el zumbido era como conducir por la autopista con la ventanilla un poco bajada. Miré a Nim, iluminada por la luz azulada de la pantalla, pero ella no me devolvió la mirada. Todo el tiempo mantuvo los ojos hacia abajo. Comprendí que por eso nunca me había dejado entrar a las consultas: porque temía que nos delatáramos. Yo llevaba todo ese tiempo formando parte del futuro del bebé, y Nim se había encargado de que así fuera.

Volví la vista a la pantalla. Allí estaba: nítido como un satélite. La ecografista iba señalando con el cursor las extremidades, la columna, los órganos principales. Observaba a Nim, intrigada por su empeño en no levantar la mirada. Para distraerla, empecé a hacerle preguntas, murmurando asentimientos a sus respuestas. Yo no dejaba de contemplar al bebé. *Guau*, susurraba una y otra vez. *Guau, guau*. Quería que nos vieran normales, felices. Que pareciera lo que se esperaba de nosotras. Incluso le tomé la mano a Nim. Estaba flácida, un poco húmeda. Ella no me devolvió el gesto, pero casi me dio igual: yo estaba absorta en complacer a la ecografista, en comprender lo que veía en la pantalla. *Guau…*

Cuando terminaron, se encendieron las luces y la ecografista salió a imprimirnos una foto. Nim arrancó unas hojas del rollo azul junto a la camilla y se limpió la barriga. Solo entonces vi que tenía los ojos enrojecidos. La dejé bajar despacio, buscando las palabras. Y en ese instante volvió la ecografista con las copias plateadas en una funda de plástico, y otra vez me distraje, fingiendo un entusiasmo que bastara para las dos. Todavía guardo esas fotos en algún sitio.

CAPÍTULO VEINTIDÓS

Salgo con el bebé al centro. Es la primera vez que dejamos el piso juntos. Me repito que vamos a dar un paseo, aunque en realidad buscamos a Nim. Paso por delante de la discoteca, cerrada desde hace semanas, con una cadena enroscada en el montón de vallas de metal apoyadas contra la entrada para que nadie se las lleve. Recorro calles, parques descuidados, todo está saturado de turistas ahora que es verano: riadas de gente sin nada que hacer, merodeando, decidiendo si pillan una pinta o se compran un helado. No hay rastro de ella. Miro en los escaparates. Escaneo con la vista la acera de enfrente y luego la mía. Llevo en el bolsillo el canto rodado que me regaló, y mientras la busco paso el pulgar por su superficie lisa y fresca.

Compruebo al bebé, acurrucado contra mi pecho. Hace calor y estoy sudando sobre él, pero no le importa: duerme. Lo llevo a la playa. Quiero que respire la brisa marina, que se aleje de los gases de los coches junto al centro comercial. El paseo marítimo está aún más abarrotado que el centro. Sería imposible distinguirla aquí, aunque quisiera dejarse ver, aunque estuviéramos hablando por teléfono y me estuviera saludando con la toalla extendida sobre los guijarros. ¿Por qué iba a estar aquí, además? La conozco lo bastante como para saber que no estaría tomando el sol con una panda de fiesteros, después de todo: música dub atronando desde un altavoz portátil y un vaso de plástico de Pimm's calentándose junto al codo.

Le he llenado el buzón de voz, pero aun así sigo llamando. No sé cómo voy a seguir adelante sin saber si está a salvo. No sé cómo criaré a su bebé sin saberlo. ¿Qué le diré? Tenías una madre, pero la espanté. Estuve ciega, y la única manera de que me abriera los ojos fue desapareciendo. Me gustaría enfadarme con Nim —sería más fácil—, pero estoy demasiado enfadada conmigo misma.

En el paseo, cruzar la rambla es como cruzar una carretera. Tengo que esperar a que afloje el torrente de turistas para poder abrirme paso entre ellos. Familias que hacen cola para el tiovivo, niños con chupetes de azúcar enormes. Veo cómo una gaviota le quita de las manos un perrito caliente entero a un crío. Cada año son más grandes, y más descaradas. El niño rompe a llorar. Los padres tratan de consolarlo, de contener la risa. Se los ve felices. Observo a la gaviota echando el cuello hacia atrás, intentando tragarse la salchicha de un bocado. El pan ha quedado tirado, abierto junto a sus patas de color masilla. Sujeto una muselina sobre el portabebés para hacer sombra. Sigo pensando que debería dar la vuelta antes de que el bebé se despierte, pero todavía no lo hago. Me viene a la cabeza la imagen de una gaviota arrancándolo del portabebés y echando a volar. Recuerdo aquel día en el muelle con Nim, mirando los estorninos. Tengo la cabeza hecha un lío. No puedo centrarme en un único pensamiento: todos se agolpan a la vez. Otras veces se desvanecen del todo.

Los padres del niño con el perrito caliente robado han reparado en el bebé, en lo pequeño que es. Ay, qué chiquitín, comentan. Qué valor el tuyo, salir ya. Asiento en agradecimiento, pero no quiero charlar. Sigo andando para dejarlos atrás. Ya sobre los guijarros, avanzo hacia el mar. Esta mañana vino una comadrona a pesar al bebé, y había bajado de peso respecto al nacimiento. Me aseguró que es normal, pero aun así sentí náuseas. Pasó el cuestionario que suele hacerse a las madres en la revisión de los tres días, pero la mayoría de las preguntas no aplicaban. Me preguntó por el ánimo, y le dije que bien, dadas las circunstancias. La comadrona conoce mi situación, pero no hablamos de Nim, salvo esa palabra. Circunstancias. No le conté que, cuando tengo al bebé en brazos, noto su rechazo. No le conté que, cada vez que me mira, sé que busca a su madre.

En la orilla me quito los zapatos y entro en el agua. Me parece algo que haría Nim. Si no consigo encontrarla, quizá no me quede otra que convertirme en ella. Mala idea, claro. Meterme con el bebé, digo. Resbalo en los guijarros y sé que, si caigo con él en el portabebés, podría ser un desastre. El bajo de la falda se me empapa. Y el agua ni siquiera es agradable: parece sopa, con una capa de espuma sucia flotando en la superficie. Salgo y me calzo de nuevo, sin molestarme en ponerme los calcetines. El bebé, milagrosamente, sigue dormido. Lo observo un rato, me aseguro de que respira. Le meto dos dedos por detrás del cuello para comprobar que no tenga demasiado calor. Por fin nos vamos a casa. Camino incómoda, con los pies mojados dentro de las zapatillas, dobladas en los talones, y los regueros de agua bajándome por las piernas como si me hubiera meado encima. Cuando entramos en el ascensor, noto en el silencio que el bebé ronca como ella.

CAPÍTULO VEINTITRÉS

Ese mayo fue el más caluroso desde que se tenían registros. Nim y yo pasábamos mucho tiempo en la playa. Tomábamos el bus hasta Saltdean, hasta Seaford, y nos plantábamos allí todo el día. Nim se relajaba cuando estábamos fuera. Siempre tuve la sensación de que mi piso le quedaba pequeño. No es que necesitara un palacio; más bien parecía que no soportaba estar entre cuatro paredes. Dentro le temblaban las piernas por los nervios, se aburría con facilidad, podía llegar a ser borde conmigo. Ella era demasiado grande para mi vida mundana —lo había entendido desde el principio—, pero, cuanto más crecía su tripa, más cierto se hacía. A veces me dejaba imaginar un futuro, después de que naciera el bebé, en el que ella seguía estando presente. La veía asumiendo el papel de tía enrollada o de padre a media jornada. Me la imagina a ella y al bebé juntos en los autos de choque del muelle, o yendo al Level para aprender a patinar. Luego volvería con el crío tarde, entre semana, hasta arriba de azúcar, con las rodillas peladas. Yo abriría la puerta con mala cara, haciéndome la enfadada, aunque no me duraría mucho.

De lo que nunca hablábamos era de lo que vendría después. Sí que hablamos bastante de su parto: que quería dar a luz en una piscina, sin música; que le daban miedo los fórceps y cualquier otro cacharro que le pudieran meter para sacar al bebé. Pero hasta ahí. Era como si el parto fuera lo último que nos iba a pasar a las dos. En cuanto al resto, nada. No sabía si querría coger al bebé en brazos cuando naciera, si querría verlo a menudo según fuera creciendo. No era fácil sacar ese tema con Nim: cuánto pensaba ver a su hijo. Sospechaba que ni ella lo tenía claro, que estaba esperando a ver qué sentía llegado el momento. Que la respuesta vendría sola. Y yo no tenía más remedio que esperar lo mismo. Quizá también era verdad que no preguntaba porque no quería saber. Tenía miedo de que el niño quisiera más a Nim que a mí, incluso entonces. Tenía miedo de que, si ella seguía en la foto, el bebé nunca se sintiera mío del todo. Pero la idea de una separación total, de no tener ningún contacto con ella, también me dolía. Una vez me dijo, medio en broma, que esperaba invitación a todos los cumples, pero lo dijo riéndose, como si no fuera del todo en serio.

Cada vez que recordaba sus ojos enrojecidos en la ecografía, me ponía nerviosa. Todavía no habíamos hablado de lo angustiada que parecía aquel día. De camino a casa guardamos silencio, luego se echó una siesta y se levantó como si nada. Yo sabía que era una cobarde por no preguntar, pero si la forzaba a decirme que estaba dudando en entregar al bebé, tendría que reaccionar, y entonces se acabaría todo. Siempre estaba intentando no acorralar a Nim, no obligarla a hablar de sus sentimientos. Me repetía que era porque no podía permitirme enfadarla, pero en realidad creo que lo que temía era que me dijera algo que yo no quería oír. Nim era un enigma para mí y, por muy inquietante que fuera, nunca tuve claro si quería descifrarla del todo.

Fue en la playa cuando al fin me confió algo de su pasado. Creo que tuvo que ver con que llevábamos juntas todo el día, con toda mi atención puesta en ella. En el piso, yo siempre estaba con el portátil, o salía corriendo hacia la discoteca, o cocinaba algo. La playa me apaciguaba. Yo no llevo bien el calor: lo único que puedo hacer es tumbarme. Empezó con Nim sacando a relucir a Leon, cosa rara en ella. Siempre había sido yo, en el Buddie's, quien lo ponía en el centro de la conversación. En la playa, Nim preguntó si creía que algún día entraría en vereda y se convertiría en un buen padre.

Lo dudo, dije, con los ojos cerrados al sol. Parece bastante convencido de que no quiere implicarse.

¿Crees que lo sabe su madre?

¿Rita? No. Si lo supiera, ya me habría llamado para decirme lo cruel que soy por hacerle esto a su hijo. Como si él no tuviera parte en la historia.

¿Crees que se lo ha dicho a alguien, siquiera?

Me limpié el sudor de la frente.

No. Normalmente lo habría hecho. Se habría puesto en plan pobrecito yo y lo habría pregonado al mundo entero. Pero ahora está fatal. No creo que salga mucho.

¿No tiene amigos de verdad?

Nunca los ha priorizado, que yo sepa.

A mí me parece que está solo.

Me tapé los ojos con la mano y la miré entornando los párpados. El horizonte vibraba con el calor.

¿Solo? Hasta hace un mes tenía a una chica distinta cada noche.

Precisamente. Nadie repite.

Resoplé.

¿Y quién puede culparlas?

La noche que me acosté con él, dijo Nim, no quería irse. Yo intentaba darle a entender que se marchara, pero me suplicó quedarse. Dormimos los dos en mi cama estrecha, y sabía que no pegaríamos ojo. Además, yo estaba mosqueada por lo del condón, y porque ya me arrepentía de todo. Pero él nada, no lo aceptaba. Me abrazó toda la noche, intentando no caerse de la cama, en lugar de levantarse e irse a su casa. Por la mañana, aún quería quedarse. Yo fui borde: le solté que tenía que ir a algún sitio, aunque era obvio que no. Le saqué el dinero para la píldora del día después y lo eché. Se lo veía tristísimo al salir, y tuve la sensación de que con las demás chicas pasaba igual. Que conseguía meterse en su cama cuando iban borrachas, y que por la mañana les daba asco.

¿Y de quién es la culpa, entonces?

No digo que no sea suya, Jules. Pero da pena. Está desesperado por tener una conexión de verdad. Es la maldición del tío heterosexual, ¿no crees? Quiere una mujer a la que soltarle todos sus problemas, pero no sabe corresponder con el mismo apoyo emocional. Así no hay relación que arranque, o acaban mal, como contigo. Ese es el ciclo. Estoy de acuerdo: es un baboso, debería fijarse en mujeres de su edad. No lo estoy justificando. Pero trabaja en una disco para estudiantes, y es un vago.

Solté una carcajada seca, casi un ladrido.

Trabaja en una disco para estudiantes para tirarse a las estudiantes, Nim.

¿No era ya una disco para estudiantes antes de que él lo cogiera?

Tuve que admitir que sí. Aun así, me pareció irrelevante.

Creo que estás siendo amable.

¿Y qué tiene de malo?

La observé con atención.

¿Qué quieres decirme, Nim?

Ella se encogió de hombros. Estaba sentada con las piernas cruzadas, en ropa interior de algodón, recostada hacia atrás con las palmas extendidas sobre los guijarros.

A veces creo que dejas a la gente hecha polvo, respondió en voz baja, pero lo oí.

¿Cómo?

Se supone que el local es de Leon, pero él no tiene ninguna responsabilidad. Vale, quizá la cagaría, pero ni siquiera le das la oportunidad. Lo tratas como a un crío. Y ahora va a tener un hijo y tú te ocupas de todo. Ni siquiera sabía que estaba embarazada hasta que lo tuvimos todo decidido. Nos saltamos la posibilidad de que alguna vez fuera un padre de verdad.

Ya, porque no podía.

No digo lo contrario. Solo digo que jode. Aunque no haya querido nunca tener hijos, es la presunción.

Me mordí el labio.

Nim, dije. ¿También te dejo hecha polvo a ti?

Ella miraba al agua, como decidiendo si meterse o no.

Sé que piensas que soy solo una cría herida.

No lo pienso.

No somos iguales, en tu cabeza. Tú y yo.

Claro que lo somos.

Se giró hacia mí con una mirada lo bastante afilada como para cortar.

¿Sabes que me molabas cuando te conocí?

A veces tenía la sensación de que Nim decía cosas por aburrimiento, para provocar. Esta era una de esas veces.

No es verdad.

Exacto. Ni te lo plantearías. Me ves como a una madre ve a su hija, como a alguien a quien cuidar.

Es que te cuido, Nim.

Pues quizá yo también te cuido a ti.

Encogí el cuello.

¿Ves?, dijo Nim. Odias la idea.

Podría decir lo mismo de ti. Siempre rechazas mi ayuda.

Porque tu ayuda me suena a limosna. Me ves débil, y en todo lo que haces por mí se nota. Nada es mutuo contigo. ¿Por qué piensas que soy débil, entonces? ¿Es porque soy joven, o porque no tengo un duro, o porque estoy embarazada?

Nim.

¿Qué? Dímelo tú.

Tragué saliva.

No tengo ni idea de dónde vienes, dije. Nunca me has contado nada de tu pasado.

No debería importar.

¿No? Me preocupo por ti. Te preocupas por mí, por Leon. Piensas que nadie puede valerse por sí mismo, salvo tú. Imagínate que yo me atreviera a preocuparme por ti, Jules. Te lo tomarías tan mal que no me volverías a hablar.

Nim se levantó. Fue sorprendentemente rápida para alguien tan embarazada.

¿Dónde vas? Estamos en mitad de una conversación.

A darme un baño. Necesito refrescarme. ¿Vienes?

No. Yo me quedo aquí.

CAPÍTULO VEINTICUATRO

Nim nadó quince minutos, quizá más. Yo me entretenía jugueteando con los guijarros y pensando en que tenía razón: estaba empeñada en creerme por encima de los demás. ¿Sería por eso que quería un hijo? ¿Sería por eso que otros seguían teniéndolos? A pesar de la carga del embarazo, de la agonía del parto, a pesar del vértigo de un amor inconmensurable, deseábamos con tantas ganas vernos reflejados en alguien y, al mismo tiempo, tener poder sobre esa persona. Queríamos la oportunidad de construir un destino, desde el primer día. Queríamos un nuevo comienzo.

Había traído una botella de agua y bebí a morro. Estaba caliente y sabía a plástico.

Pásamela, pidió Nim.

Ni siquiera me había dado cuenta de que había salido. Se plantó delante de mí mientras bebía, tapándome el sol con el codo, y la luz filtrada por el plástico trazaba unas ondas temblorosas en mis piernas, sobre las toallas. Su barriga era tan redonda como una boya. Desde abajo, al mirarla, vi unas finas estrías que le trepaban por la piel, tan tersa que brillaba. Sus bragas blancas estaban empapadas, translúcidas, el vello púbico era una maraña oscura. Llevaba siete meses embarazada y ya no le cabía el bañador.

¿Qué tal?, le pregunté.

Bien, respondió. Creo que el bebé ha notado el cambio de temperatura.

Nim se sentó a mi lado, con las piernas dobladas hacia un lado, bajo ella. Parecía más serena, y yo quise creer que el mar me había absuelto.

Toca, dijo.

Tenía el vientre resbaladizo, frío, la carne sorprendentemente firme. Puse las manos sobre su vientre y ella me las guio más abajo, un poco a la izquierda. No sentía nada. Cerré los ojos y esperé. La patada no fue el movimiento aislado que yo había imaginado, sino una dureza deslizante, continua, que vino una vez y luego otra, musculosa como una anguila bajo la piel. La primera vez aparté las manos, sobresaltada, solo para volver a ponerlas de inmediato, por miedo a perderme algo más. Permanecí con las manos sobre Nim mucho rato, incluso cuando el bebé ya se había calmado.

El embarazo que tuvo mi madre conmigo fue críptico, dijo Nim.

¿Eso qué es?, pregunté.

Es cuando no sabes que estás embarazada.

¿Durante todo el embarazo?

Nim asintió.

Es raro, pero pasa. Dicen que puede ser psicológico. Que la negación es tan fuerte que el cuerpo no muestra síntomas.

¿Y entonces qué, de repente te pones de parto?

Más o menos, repuso Nim. Mi madre fue a urgencias por unos retortijones y le dijeron que estaba de parto. Nadie la creyó después. Mi padre estaba casado con otra, con hijos pequeños, y cuando ella le contó lo mío, decidió que lo había sabido siempre, que era una trampa para arruinarle la vida. La ironía es que a él no le arruinó nada; apenas lo rozó. Pero a ella sí la destrozó.

Nim, no digas eso.

Es verdad. Mi madre no quería ser madre, y menos así.

¿Y qué quería, entonces?

Nim chasqueó la lengua, miró el horizonte.

Hombres, dijo.

¿Hombres?

Amor, matrimonio, validación. Yo jodí el primer gran romance de su vida, y me lo echó en cara siempre.

¿Cómo es ella?, pregunté.

Nim me había abierto una puerta y, de pronto, me pareció razonable insistir. Tenía la impresión de que necesitaba hablar de su madre desde hacía mucho, y que ahora no pararía hasta terminar la historia.

¿Cómo es ella?, repitió Nim, pensando. Le encanta hablar en salas de chat e ir al *pub*. Es rencorosa, tiene mucho pronto. Puede estallar en una furia tremenda por la cosa más pequeña. Una vez usó el mando a distancia como porra para destrozar la tele y acabó con unos cortes por todas las muñecas, del cristal. Tiene suerte de ser tan canija, porque si no podría hacer mucho daño. Es débil, además: apenas come. Tuvo una temporada, cuando yo era niña, en la que solo comía si un hombre le cocinaba o la sacaba a cenar. Podía pasarse días sin probar bocado.

Dios mío, dije.

Tiene una cicatriz en el lado izquierdo de la cara, siguió Nim. Y un ojo vago. Fue en un accidente de coche, yo tendría ocho o nueve años. Me había dejado sola en casa para irse a una cita. El tipo iba borracho, pero aun así se subió al coche. Vivía fuera, por carreteras comarcales sin iluminar, y allí pasó. Yo me desperté en un piso vacío y me fui sola al colegio. No era raro, pero sabía que algo iba mal. A esa edad yo creía que era vidente, que podía predecir por la sensación de pesantez en mis nudillos cuándo iba a pasar algo malo. Lo sentí todo el día y, al volver a casa, me la encontré vendada de arriba abajo, completamente ida por la medicación, se había escapado del hospital sin que le dieran el alta. El tío ni la llamó después. Yo era tan pequeña que pensé que aprendería. Siempre estaba esperando que lo dejara.

¿Llegaste a pedírselo?

De niña le suplicaba que se quedara en casa, pero me decía que salía a buscarme un nuevo padre. Fingía que lo hacía por mí. Siempre recuerdo cómo olía cuando lo decía: a chicle, a ambientador corporal y al chupito de vodka que se pimplaba antes de salir para soltarse con los hombres. Yo le repetía una y otra vez que no me importaba no tener padre. Mi mayor secreto era que me gustaban las chicas. Lo sabía desde los seis o siete años, y era lo único que me ocupaba la cabeza. Padre podía tener o no, me daba igual. Además, no me fiaba un pelo de los que ella elegía.

En ese momento entendí lo ingenua que había sido al convertir en un juego el imaginarme la infancia de Nim. Qué ingenua había sido esperando, al empezar esa conversación, que pudiera contarme su pasado de una sola vez, hasta dejarlo todo dicho. Era demasiado para que sucediera así. Había vivido una vida entera antes de mí, y una parte de ella seguía allí, inexpresable.

Cuando tenía quince, continuó Nim, mi madre conoció a Phil. Se mudó con nosotras al instante. Se pasaba el día viendo el canal de teletienda mientras mi madre trabajaba, dejando que sus colegas babosos entraran y salieran cuando les apeteciera. Una noche me desperté y había un hombre en mi cuarto, un amigo suyo, mirándome mientras dormía. Grité, y salió despacio. No quiero ni pensar qué habría pasado si no me hubiera despertado. Phil lo sabía, además. Lo noté a la mañana siguiente, cuando me encaré a él. Creo que hasta lo animó, quizá incluso hubo dinero de por medio. Me revolvió el estómago.

¿Se lo contaste a tu madre?, pregunté.

Nim se encogió de hombros. No me acuerdo. Hubo muchas cosas así, demasiadas para llevar la cuenta. Ella lo aguantaba todo. Él era mucho peor con ella que conmigo. Muchísimo peor.

No pude mirarla entonces. Me sudaban las manos por el calor.

Phil era expolicía, dijo Nim. Lo echaron por mala conducta. Por eso no tenía dónde caerse muerto, ni ingresos. No sé los detalles, pero me lo imagino. Mandó a mi madre al hospital varias veces. Yo siempre les contaba a los médicos la verdad. Me creían, pero me respondían que no podían hacer nada si ella no lo admitía. Claro que no lo admitía. Me llamó mentirosa tantas veces, delante de tanta gente, que al final desistí. Pensé: si quiere morir, tendré que dejarla. Yo, básicamente, me fui.

¿Y dónde te fuiste?

¿Recuerdas a Beth, cuya madre tuvo un hijo por fecundación *in vitro*?

Asentí.

Me quedaba en su casa casi todas las noches, para no estar en la mía. Me había enamorado de Beth, esa es la verdad. A veces arrastraba el colchón al suelo, junto a la cama plegable donde yo dormía, y pasábamos la noche besándonos, a horcajadas una encima de la otra. Yo era siempre el novio; Beth, la novia. Ella me daba consejos sobre cómo usar la lengua, y yo los seguía al pie de la letra. Vivía casi a base de chucherías, y se negaba a lavarse los dientes antes de acostarse, así que su boca sabía siempre a caramelos de frutas. Una vez se le cayó un diente delante de mí, y quedó un agujero gris.

Sonreí por el detalle. Nim también sonrió, ligeramente, al recordarlo.

Beth era como mi madre, siguió Nim. Siempre tenía un novio nuevo. Pero aun así nos besábamos. Yo pensaba que era temporal, que un día dejaría a los chicos y admitiría que podíamos estar juntas de verdad. Pero a los diecisiete se echó un novio de un curso superior y, cuando él se mudó para ir a la universidad, Beth dejó la escuela y se fue con él. Yo me cabreé tanto que perdí el control, como hacía mi madre, y le pegué patadas a la pared de metacrilato de una marquesina hasta que me torcí el tobillo. Beth siempre había sido la mejor de la clase, la admiraba desde niña, y ahora lo dejaba todo por un tío. Y no solo eso: también me dejaba a mí. Ninguna mujer me iba a querer tanto como ellas querían a un hombre. Eso lo aprendí a los diecisiete, el día que Beth se fue. No mucho después me marché yo también, cojeando con el tobillo chungo hasta la estación. No le dije nada a mi madre, y no hemos tenido contacto desde entonces.

¿Quieres decir que huiste?

Nim me miró de cerca, largo rato. Me examinó el rostro, el ceño fruncido, como dudando de que hubiera escuchado una sola palabra. Chasqueó la lengua.

No, Jules, respondió. No hui. Me fui. Me marché. Hay una gran diferencia, ¿ves?

CAPÍTULO VEINTICINCO

Volvimos a casa poco después de que Nim me hablara de su madre. Nos movíamos por el piso inquietas, sin saber cómo interactuar. Creo que nos estábamos evitando. Cuando una entraba en una habitación, la otra salía enseguida. Me pasé un buen rato preparando una ensalada, picando todas las verduras que encontré en la nevera, agitando un aliño en un tarro de mermelada, añadiendo un bote de garbanzos para darle algo de proteína. No podía dejar de imaginarme a Nim dormida, con la sombra alargada de un hombre sobre su cama. Me daban ganas de correr al salón y abrazarla, pero sabía que detestaba cualquier gesto de compasión. En lugar de eso, le preparé la ensalada. Cuando estuvo lista, no sabía a nada. Le serví un plato generoso igualmente, pero al llevárselo al salón, donde siempre comíamos, ella no estaba. Oía un zumbido eléctrico, como de cepillo de dientes, y lo seguí hasta el baño, donde la encontré repasándose la cabeza rapada con una maquinilla. Nuestras miradas se cruzaron en el espejo. Ya se había hecho la parte de arriba y los lados, así que la toalla que tenía bajo sus pies estaba cubierta de unos mechones oscuros. A la luz del sol de la tarde que se filtraba por la ventana, las hebras más finas se mecían al caer y relucían doradas.

He hecho una cena de lo más cutre, dije.

Sonrió, pero no parecía contenta.

Genial, contestó. Ahora voy.

¿Quieres que te haga la parte de atrás?

Sí, la verdad. Si no te importa.

Me pasó la maquinilla. De pie tras ella, tracé una raya limpia por su cabeza, como una mofeta. Tuve que ponerme de puntillas. Su piel olía a sudor y a sal. O quizá era su pelo al desprenderse. Pensé en Nim en la playa, acusándome de glorificarme como si fuera su madre. Y, aun así, era imposible, al deslizarle la máquina por la cabeza, no llegar a la conclusión de que, de algún modo, me había buscado como sustituta de la suya.

Como si pudiera leerme el pensamiento, me lanzó una pregunta que me convenció de que ella también me estaba comparando, en ese mismo instante, con su madre.

Tú no quieres un amor romántico, ¿verdad, Jules?

Seguí afeitando mientras lo pensaba. Nunca me había hecho esa pregunta en términos tan simples. Quise contestar con sinceridad, pero incluso al hablar dudé de si mentía, de si le estaba diciendo lo que quería oír. Entendí que me veía como lo contrario de su madre, y se aferraba a eso como a un hecho.

No, respondí. No creo que lo quiera.

Pensé que esa respuesta la alegraría, pero percibí una emoción extraña cruzarle fugazmente el rostro, tan rápida que, para cuando me di cuenta, ya había desaparecido. Se recompuso y asintió.

Al amor romántico se le da demasiada importancia, dijo. Me asusta lo que la gente llega a perder por él. Cuando te conocí, parecías totalmente capaz de valerte por ti misma. Me fascinó.

Le pasé la mano por el pelo, comprobando si quedaba algún mechón suelto. Ya no miraba al espejo, sino a otro lado. Su cabeza era agradable al tacto, como el cuello de un caballo. Me gustó lo que dijo. Nunca había pensado que la imagen que quería dar fuera, en realidad, la misma que la gente percibía.

Por eso creo que te escogí para el bebé.

Quieres que el bebé sea mi mayor amor, dije.

Claro, respondió Nim. Pero tampoco quiero que te pierdas a ti misma. No es un buen ejemplo.

Esa es la parte difícil, admití. Mis padres se perdieron a sí mismos cuando me tuvieron. O, mejor dicho, perdieron a las personas que podrían haber sido.

Volví a pasarle la maquinilla por el pelo, alisándolo con unas pasadas largas, quizá innecesarias.

Por eso evito hablar contigo de lo que pasará después del parto, añadió entonces, con un tono de voz más alto y firme. Sé que implicará que me des algo, dinero para el alquiler o lo que sea, y eso me hará sentir que he dejado atrás una parte de mí, como si hubiera perdido algo. No necesariamente al bebé, pero sí algo esencial.

Nim, no volverás a ser la misma de antes, después de esto. Eso lo sabes, ¿no? Estás pagando un precio por el bebé. Tu cuerpo lo paga, tu mente también. Debería tener la oportunidad de devolvértelo, o al menos intentarlo. ¿No crees?

Nim resopló.

Estás enfocándolo mal. ¿Por qué todo tiene que ser un toma y daca?

Por el mundo en que vivimos, respondí.

Pero eso es precisamente por lo que todo el mundo está tan solo, Jules. Regalamos nuestro tiempo a cambio de dinero, y nos quedamos sin energía para la amistad, sin espacio para nadie que no sea directamente útil. Nos emparejamos, juntamos sueldos, tenemos hijos, compramos una casa. Miramos por una sola persona, y ella por nosotros, hasta que la presión es excesiva y todo se viene abajo. No funciona, no para nadie, que yo sepa.

¿Somos esa persona, la una para la otra?

No sé por qué pregunté eso. Se me escapó. Nim pareció ponerse nerviosa con la idea. Se encogió de hombros. Yo había apagado la maquinilla, y el silencio se volvió espeso.

Quizá ahora sí, respondió. Pero no por mucho tiempo.

CAPÍTULO VEINTISÉIS

Me desperté temprano a la mañana siguiente con el tono del móvil. Cuando la voz al otro lado dijo que llamaban del servicio de Urgencias del hospital, lo primero que pensé fue que Leon estaba muerto. Leon no estaba muerto, pero había estado cerca. Lo encontró un vecino que se fijó en que la puerta del piso estaba entornada. Entró para comprobar si Leon se hallaba dentro y lo descubrió desplomado en el pasillo, tumbado en un charco de líquido naranja fluorescente. El vecino, al principio, lo tomó por pis; en realidad era Fanta.

Leon, al final de una juerga de tres días, tan hecho polvo que apenas podía andar, había bajado a la tienda de la esquina a por algo de beber. Más tarde, cuando se lo pregunté, no recordaba haber ido a la tienda ni nada de lo que había pasado el día que acabó en el suelo. Un chaval que atendía la caja en el local de Leon les dijo a los paramédicos que sí, que había pasado a comprar una Fanta, y que caminaba raro, desequilibrado. Intentó comprar también una botellita de vodka, aunque no llevaba dinero. El chico, por compasión, le dejó llevarse la Fanta sin pagar. Según los médicos, el azúcar de la Fanta que bebió pudo evitar que el corazón se le parara del todo. En su organismo no había nada más que cocaína, Valium y alcohol. Leon sufrió un infarto justo al entrar en casa, cayó al suelo y dejó la puerta abierta detrás. Ese último detalle, además, probablemente le salvó la vida. Cualquier otra persona, le dije luego a Nim, se habría muerto seguro. Leon era capaz de llevarlo todo hasta el límite absoluto y, aun así, arrastrarse de vuelta desde el otro lado.

Fui a verlo al hospital el mismo día de la llamada. Fue raro ir allí sin Nim, pasar de largo maternidad para subir a cardiología y encontrar a mi exmarido conectado a un gotero, despertándose poco a poco de la sobredosis. Esperaba que nadie del personal me reconociera. Leon estaba en una habitación individual, dormido bajo una sábana fina como el papel, con los labios tan agrietados que parecía que se los hubieran frotado con tiza. En la mesilla había varios folletos sobre drogodependencias y rehabilitación. Les eché un vistazo mientras Leon dormía. Su habitación estaba en una planta alta, y contaba con un ventanal enorme. El día estaba encapotado, uno de esos veranos tropicales en los que hace falta que llueva. Bajo esa luz opaca, la ciudad se extendía más grande y más gris de lo que nunca parecía a pie de calle. Los coches atestaban las vías como pulgones. Los cristales de las torres devolvían el reflejo de calles grises alineadas de casitas grises, y de las vías del tren. Cualquier mancha de verde se veía densa y frondosa, oscura como una selva. El mar también estaba verde, una larga franja de ciénaga. Barrí la vista en busca de personas y vi a algunas, figuras flotando por la acera como una espora. Qué pequeños parecíamos desde allí arriba, qué solos, qué irrelevantes. *Pongamos que a Leon se le hubiera parado el corazón del todo esa mañana*, pensé. ¿Qué habría significado eso, en el conjunto de las cosas? Pongamos que se hubiera puesto un condón cuando se acostó con Nim. ¿Entonces qué? Un bichito solitario menos ahí abajo en las aceras, o uno más. Eso era todo, en realidad.

Ay, por favor, Jules. ¿Para qué lees eso?

Levanté la vista, y allí estaba Rita. Aún tenía los folletos en la mano.

¿No crees que la rehabilitación sea buena idea?, pregunté.

Rita hizo un gesto con la mano en el aire.

Es una fase, repuso. Todos pasamos por una.

Va para cuarenta, Rita. No creo que esa palabra sirva en este caso.

Sé cuántos años tiene mi hijo, cariño.

Chasqueé la lengua.

Tu hijo necesita ayuda, dije. Míralo.

Rita no miró a Leon, sino al suelo. Era cierto que daba miedo verlo: los párpados surcados de azul, los labios de un moribundo, los tubos que bombeaban un líquido rosa pálido por las venas. Volví a mirarla y vi que se le había arrugado un poco el rostro. Soltó un quejido agudo, mínimo, como si se hubiera quedado sin aire.

Rita, empecé.

La abracé. Era la primera vez que la tocaba en años. Se deshizo en el acto en cuanto la rodeé con los brazos, jadeando en mi oreja. Se retorcía, y tuve que apretarla fuerte para que no nos viniéramos abajo.

No puedo con esto, gimió. No puedo, Jules.

La sostuve, esperando a que se calmara. El cambio había sido repentino y me sorprendió. Cuando entró en la habitación, venía, como siempre, impecable, con una fina línea de azul metálico en los párpados. Al principio, me había parecido impasible ante el estado de Leon. Rita había salido de fiesta en la escena de la moda de Nueva York a lo largo de sus veinte, y me cuadraba que ya hubiera visto cosas así. Hasta que noté que no podía mirar a su hijo, no lo supe.

Es lo único que tengo, me dijo al oído. Lo único que he tenido siempre. Es mi todo, ¿sabes?, así que se lo di todo. No puedo perderlo ahora. No me quedaría nada.

La sostuve, y al hacerlo se me ocurrió que en una familia hacen falta más de dos personas. El salto de dos a una es demasiado pequeño; puede ocurrir en un instante. Ella seguía llorando y yo la acuné, meciéndonos de un pie al otro mientras nos abrazábamos, balanceándonos suavemente.

Qué monas.

La voz de Leon era áspera, y sus palabras, como una tos.

Rita y yo nos separamos de un brinco. No sé cuánto tiempo llevaba despierto, mirándonos desde la cama. Esbozaba una sonrisa torcida. Que siguiera siendo capaz de irritarme en ese estado era todo un logro. Negué con la cabeza.

¿Estás bien?, pregunté.

He estado mejor, dijo Leon.

Ya lo veo.

Miró a su madre, que intentaba recomponerse, quitándose con la yema del dedo el rastro de rímel corrido de la parte superior de las mejillas. Tomó una brizna de aire. Leon le lanzó su mirada más encantadora, con los ojos bien abiertos. Era su bebé, y él lo sabía. Yo llevaba años juzgando a Rita por consentir a su hijo, por despachar cada metedura de pata como la inocentada de alguien mucho más joven, por facilitárselo todo. Pero era cierto que yo no tenía hijos, que no conocía el perdón cuando se trata de un adulto al que has criado, y culparlo de algo, en el fondo, equivale a culparte a ti. Además, el mundo entero es amable con los hombres. El mundo entero los malcría. Rita era solo una persona, con su pequeña parte de responsabilidad.

Se acercó a él, le sujetó las mejillas con una mano y apretó la piel hasta ponerle morritos. Estaba aún más consumido que de costumbre, casi no había carne. Lo besó en la frente, luego le soltó la cara y le dio una palmadita en la mejilla. Lo señaló con el dedo, agachando la cabeza a su altura para mirarlo bien a los ojos.

Me acabas de echar diez años encima, dijo. Menos mal que te quiero, Leon. Eso no se lo aguanto a nadie más.

Yo permanecía al fondo de la habitación, mirando sin más. No sabía qué pintaba allí, en la periferia de esa pequeña familia. Crucé los brazos.

Estábamos muy preocupadas, dije.

Ya lo veo, dijo Leon. ¿Cuándo fue la última vez que os abrazasteis?

Alcé una ceja. Éramos incansables el uno con el otro. Me guiñó un ojo.

Se te ve contento de seguir vivo, dije.

Seguía con su sonrisita estúpida, pero juraría que entonces le vi un destello en la mirada: algo parecido al reconocimiento.

Que siga así, añadí. Basta ya de esto, Leon. Sin mirar a Rita, le dejé los folletos sobre el regazo. Échales un ojo. Cuando te veas con fuerzas.

Me quedé en el hospital otra hora más después de eso. Había traído yogures con virutas de chocolate, patatas con forma de aros de cebolla y un paquete barato de magdalenas cubiertas con glaseado salpicado de puntitos de colores pastel. En cuestiones gastronómicas, Leon tenía gustos de niño. Aun así, no tocó nada. Dijo que no tenía apetito. Bebió agua de un vaso de plástico que le llené en la fuente de recepción, pero nada más. Estaba soñoliento y, con el tiempo, su desparpajo empezó a decaer. La sonrisa se le fue borrando, junto con cualquier asomo de buen color, y pasó a contestarlo todo con un encogimiento de hombros o con una palabra. Entró un médico a hacerle unas comprobaciones y, para entonces, los párpados ya se le cerraban solos. Antes de irme, volví a dar unos golpecitos en los folletos, para recordárselo. Rita estaba arrancando el glaseado de una magdalena, mirando hacia el ventanal.

CAPÍTULO VEINTISIETE

Me volví a casa por el camino largo, paseando por las calles cálidas con los cascos puestos, el ruido de la ciudad completamente ahogado. Pensaba en los vídeos caseros que había visto de Leon de niño y en el agujero de su corazón, ese detalle irónico en la historia de nuestro matrimonio que me había rondado durante años. En el parquecillo detrás de mi edificio la vista se me nubló. Me quité los cascos y me paré junto a la fuente de piedra para llorar. Había dos chicas adolescentes en uniforme escolar sentadas en el borde, haciéndose *selfies* con las manos delante de la cara. Se acababan de hacer las uñas. Una llevaba rayas de tigre rosas, y la otra, un diminuto aro plateado en la esquina de la uña del pulgar, del que colgaba un dado azul. Me ofrecí a hacerles la foto. Se miraron entre ellas, con cierta inquietud al verme llorar, pero accedieron. Supuse que podía más el ansia de dejar constancia. Miré a las chicas en la pantalla del móvil, con las manos abiertas en abanico y los ojos en blanco, bromeando, y pensé: *ninguno de nosotros va a salir vivo de aquí, y justo de eso va todo.*

¿Cómo estaba Leon?, me preguntó Nim cuando entré en el piso.

Bastante hecho polvo. Pensando en la rehabilitación, espero.

Me senté a su lado, en la otra punta del sofá. No sabía si de verdad quería hablar de Leon, pero yo sí. Le tomé los pies y empecé a darles golpecitos flojos con el puño para activar la sangre, como sabía que le gustaba. Le conté lo del gotero de Leon, lo del derrumbe de Rita, lo mucho que me arrepentía de cómo me había portado con él al despertar.

Siempre me pasa lo mismo con él, admití. Es automático. Y él lo busca. Pero ha estado a punto de morirse, Nim. Si había un momento para ser amable, era hoy. Tampoco debería haber discutido con Rita sobre lo de la rehabilitación, como si no tuviera nada que ver con él. ¿Y si estuvo despierto todo el rato, haciéndose el dormido, escuchándonos?

Estoy segura de que no, Jules.

Tenías razón, lo sabes, con eso de que lo infantilizo. Soy tan culpable como su madre. Claro que ha sido un irresponsable con su vida, si nunca nadie le ha hecho cargar con nada. Volviendo a casa no paraba de preguntarme por qué lo he dejado llegar hasta aquí. ¿Por qué no le propuse lo de la rehabilitación hace semanas, en cuanto vi que empezaba a hundirse?

Esto no es culpa tuya, Jules.

No del todo, asentí. Pero creo que en parte me he apoyado en su autodestrucción todos estos años. Creo que, en comparación, me hacía sentir que yo sí lo tenía todo bajo control. Desde el día en que lo conocí. Siempre he ansiado independencia, siempre me ha gustado sentir que estoy al mando. Mis padres nunca me concedieron eso, pero Leon sí. No soy nada autosuficiente, Nim, como pensaste cuando nos conocimos. En realidad, es al revés. Necesito a Leon para fingir que lo soy.

Miré a Nim y vi en su expresión que la había defraudado. No era la mujer que esperaba que fuera. Igual que su madre, yo también me había apoyado en un hombre para sentirme completa. Nim esbozó una sonrisilla torcida.

Eso me gusta, dijo.

La miré, sorprendida. No era la respuesta que esperaba.

Te gusta pensar que la gente te necesita, continuó. Pero tú también necesitas a los demás. Funciona en ambos sentidos, Jules. Con el bebé pasará lo mismo. Eso lo sabes, ¿verdad? Al principio te necesitará más, pero cada vez menos. Y puede llegar un momento en que seas tú quien lo necesite más a él que él a ti.

Pensé en Rita en el hospital, incapaz de mirar a su hijo. Comprendí entonces que no se podía construir un destino nuevo a través de un hijo. Si tenías algún control sobre él —y eso ya me parecía dudoso—, solo era en los primeros días. Después no había más remedio que apañarse con la persona que te había tocado, y con la persona que eras tú. Simplemente, dejar que la vida ocurriera.

Nim no dijo nada durante un rato. Se mordisqueaba la piel de alrededor de las uñas, mirando por la ventana.

¿Crees que debería ponerme en contacto con mi madre, Jules?

La observé, tratando de adivinar qué quería que contestara. Me fijé en su cabeza rapada y peluda, en su boca grande, en sus ojos claros y en su ombligo que se intuía bajo la camiseta de algodón.

¿De verdad quieres mi respuesta?

Te la he pedido, ¿no?

No sé si deberías o no, repuse. Pero ojalá puedas. Ojalá lo hagas.

Nim me miró un buen rato. Caí en la cuenta de que temía su reacción, que una parte de mí siempre le tenía un poco de miedo. Su honestidad era demasiado directa. Entonces me sonrió de golpe. En sus ojos brilló un destello de picardía.

No sé si lo has notado, dijo, pero estoy bastante ocupada ahora mismo.

No ahora, entonces. Más adelante. Cuando se calme todo.

Se rio.

Yo no sé tomármelo con calma, dijo.

Encogí un hombro. Me di cuenta de que no quería seguir hablando de su madre, que usaba el humor como escudo, y no iba a forzarla más.

Quizá deberíamos probarlo un poco, sugerí. Lo de tomárselo con calma. Nos acercamos al final, Nim.

Al principio, querrás decir.

Su sonrisa se fue desvaneciendo despacio.

CAPÍTULO VEINTIOCHO

Nim sí intentó tomárselo con calma después de nuestra conversación. Yo, en cambio, no supe hacer caso a mis propios consejos. Las semanas siguientes fueron sofocantes y frenéticas. No podía saber que el bebé se adelantaría, claro, pero aun así me invadía una prisa perpetua, desmesurada, convencida de que el tiempo se me escurría de las manos. Apenas dormía; me quedaba despierta la mitad de la noche, saltando de tienda en tienda *online*. Me costaba horrores comprar cosas para el bebé; estaba obsesionada con acertar. Veía vídeos de YouTube sobre las mejores cunas, las mejores tronas, para descubrir después de tanta investigación que no podía permitirme ninguna. La ropa de las tiendas era monocroma, toda en tonos grisáceos, y de solo de mirarla me escocían los ojos. Yo lo que quería era que apareciera en mi puerta una bolsa de pijamitas de segunda mano, descoloridos de tantos lavados y con manchas misteriosas. Eso sí era amor, seguro. Eso pasaba en esas familias numerosas y alborotadas donde todos se cuidan entre todos. Yo no podía ofrecerle eso al bebé. No tenía hermanos, ni primos, ni amigas con hijos. Ni siquiera podía quedarme embarazada de forma natural, y a veces llegaba a convencerme de que eso significaba que no debía tener un hijo, que había hecho trampas y pronto me pillarían. Entonces me frustraba, cerraba el portátil de golpe y me echaba a dormir llorando.

Otra cosa que hacía en el ordenador, ya de madrugada, era buscar centros de rehabilitación para Leon. El día antes de que le dieran el alta, cuando Rita lo llevaría al lugar que yo había encontrado, entré en su piso para hacerle la maleta. Y no pude evitar ponerme a limpiar. La tarea me llevó tres días enteros. Sudé y restregué, bebiendo agua directamente del grifo como una atleta. En otro tiempo, me habría cabreado conmigo misma por estar haciéndole de criada a Leon, una vez más, pero esta vez lo sentí casi como una liberación. Como si fregara toda la mugre de nuestro matrimonio, todos los rencores y meteduras de pata, de manera que cuando volviera de rehabilitación no quedara ni rastro mío esperando a verlo fracasar. Al salir de su piso por última vez, tuve una certeza inamovible: no volvería a visitarlo jamás.

Fui a ver a mis padres y por fin les conté lo del bebé. No me había duchado y tenía el pego pegado a la cara. No les dije lo poco que faltaba para el parto, me daba apuro haberlo callado tanto tiempo. Cuando no preguntaron —estaban más pendientes de la custodia, de los papeles—, me sentí aliviada, y enseguida, ridícula. Al fin y al cabo, cuanto más tardara en contarlo, más cerca estaría el nacimiento. De adolescente, siempre quise tener algo que esconderles, algún sitio adonde escaparme. Me acuerdo de estar en el despacho de mi padre, a los trece años más o menos, mientras él se encontraba en otra habitación, y yo daba vueltas lentamente a su silla giratoria y hojeando a escondidas el calendario de tías en bolas que tenía colgado en la pared, mordisqueando galletas Hobnobs robadas de la lata junto a la tetera. Entonces me parecía lo más romper esas pequeñas reglas. Pero ahora, ya adulta, andar a escondidas me resultaba infantil. No es que quisiera vivir una vida cien por cien aprobada por mis padres, pero esperaba al menos valorar mis decisiones lo suficiente como para ser transparente con ellas.

Al volver del piso de mis padres, encontré a Nim de mal humor, tirada en el sofá y tamborileando sin parar los dedos sobre la mesa baja. Le pregunté si necesitaba algo y solo me devolvió un gruñido. Sus cambios de humor eran cada vez más imprevisibles. Yo culpaba a las hormonas, al peso, a los días largos y pesados que yo misma le había animado a tomarse con calma, sabiendo que en realidad la sacaban de quicio. Se quejaba sin parar del bochorno, de querer salir y no saber adónde. Cuando le sugerí ir a la playa, me dijo que estaba a rebosar y que no soportaba que los desconocidos la miraran. Yo también me había dado cuenta de cómo la observaban en la calle. Nim nunca había pasado desapercibida, y mucho menos en los últimos meses de embarazo. Se ponía tops cortos, con la tripa al aire, y se comía polos que le dejaban los labios azules. Estaba luchando por seguir siendo ella misma, se le notaba. Decía que odiaba las miradas, pero yo sospechaba que lo que le daba miedo era justo lo contrario: pasar inadvertida. Nunca había sido de quejarse ni de quedarse apoltronada, pero ahora se comportaba como si estuviera atrapada en su propio cuerpo. Habían pasado tres semanas desde aquel día en la playa en que me animó a tocarle la barriga para notar las patadas, y me parecía que habían pasado años. Cualquier chispa de asombro que hubiera sentido por los cambios de su cuerpo se había apagado.

¿Quieres cenar?, pregunté.

Sí, lo que sea.

Le hice unos huevos revueltos con pan, queso feta y tomates, y mientras cenábamos mandé un par de correos. Nim devoró el plato y luego se puso a dar vueltas por el piso, resoplando. Me preguntó si quería salir a dar un paseo, pero cuando le dije que tenía más trabajo se frustró y se largó sola. Volvió a los veinte minutos, con el labio superior perlado de sudor, y dio un portazo. Le sugerí que se acostara temprano, y se burló.

Esa es buena: quitarme de en medio.

Su voz era venenosa, y cuando levanté la vista su expresión lo era aún más. Venía contrariada de la calle, eso era evidente, dispuesta a montar bronca. Estaba roja de rabia, el cuerpo entero en tensión.

No intento quitarte de en medio, tercié.

Todavía no. Primero necesitas que te saque al bebé.

Cerré el portátil.

¿Cómo dices?

Que para ti solo soy la puta embarazada, Jules. Fuera de este bebé, te juro que no existo. ¿Y qué pasará cuando lo saque? Me quedaré vacía, usada. Ya no me querrás. Nadie me querrá.

Negué con la cabeza, sin poder creerlo. Yo iba a echar de menos a Nim con desesperación, seguro que ella lo sabía. No era solo ella la que evitaba hablar de qué pasaría después del parto. A mí me dolía tanto pensar en su marcha que la mayoría de las veces era incapaz de afrontarlo; y, cuando caía en la cuenta, me sentía culpable, porque eso quería decir que, en cierto modo, estaba temiendo la llegada del bebé. Me levanté y me acerqué. Tenía los brazos cruzados sobre la barriga, el cuerpo tan tenso que resultaba intocable. Me sostuvo la mirada, frunciendo el ceño, a medida que me acercaba. Hasta entonces nunca había visto a Nim llorar de verdad. Lo hizo en ese instante, y con las lágrimas le sobrevino también una flojera en el cuerpo que me permitió rodearla con los brazos. Su vientre duro, apretado contra el mío, más blando. Sus lágrimas me empaparon el cuello.

Lo siento, dije. He estado fuera casi toda la semana. Debería haber estado contigo. No es justo.

No sé qué me pasa, susurró. No me reconozco.

Aquella noche era la última antes de que el Gunk cerrara por vacaciones. Nim tenía turno y, aunque yo pensaba que necesitaba descansar, insistió, como siempre, en que quería ir a trabajar. Saqueó mi armario y salió del dormitorio con un bikini rosa que no veía desde hacía años y sus viejos pantalones de chándal grises, los únicos que aún le valían. Estaba más grande que nunca, la tripa brillante, tensa, tan llena que juraría que latía. Aún tenía la cara hinchada de llorar, los ojos un poco abotargados, pero se le notaba animada con la idea de salir del piso. Me hice un café con hielo y me lo llevé en una taza de porcelana, caminando hasta la discoteca acompañada de Nim. Me sentía ligera, casi excéntrica, bebiendo de una taza por la calle. Brighton en verano era así: pintoresca. En el Level, unos hippies brincaban sobre una *slackline*, un grupito de niños sucios se disparaba con pistolas de agua y algunas parejas de vagabundos se acurrucaban en la hierba. Si alguno de ellos tenía zapatos, yo no los vi. A veces la ciudad parecía carente de vida, de familias. Otras, rebosaba.

Llegamos al local pasadas las nueve. Ella vació el lavavajillas mientras yo cargaba la nevera con cajas de cerveza. Saqué la silla plegable del almacén, para que pudiera sentarse cuando quisiera. Llegó el DJ, un tipo con perilla al que conocía de años, pero con el que apenas había cruzado palabra, y empezó a montar su equipo. Nim le ofreció una cerveza, a mí otra, y acabó abriendo tres. Nunca la había visto beber embarazada. Por un instante me encogí, y luego me contuve. Estaba en una especie de cruzada esa noche, lo entendí enseguida, con su bikini rosa y su botella de cerveza. Intentaba recuperar algo de sí misma, y no me quedaba otra que desearle suerte.

Carlos se colocó en la puerta y poco a poco empezó a entrar gente. Nim servía las copas y yo marcaba en el datáfono. El bajo me retumbaba en los tobillos. El sudor me bajaba por las axilas hasta el suelo. Recordé aquel único verano, al inicio de mi matrimonio con Leon, en que intentamos mantener el club abierto cuando acababa el curso y la ciudad se vaciaba de estudiantes. Fue un desastre: acabamos la temporada con pérdidas. El Gunk nunca fue un garito para turistas. No servíamos cócteles de pecera, los DJs no aceptaban peticiones y la escalera ruinosa no estaba hecha para tacones. Me había llevado años aprender a manejar el caos de llevar una discoteca, de trabajar con Leon, y hasta que Nim entró nada había fluido del todo. Ahora, por fin, todo tenía un ritmo. Y justo ahora estaba a punto de cambiar. Leon ya no trabajaba y, si tenía un poco de sentido común, no volvería a hacerlo. Pronto Nim tampoco estaría, y el local acabaría en manos de algún chaval lánguido al que contrataría solo porque, de cierto ángulo, se parecía a ella: la boca grande, la chispa de desafío en los ojos. Carlos seguiría en la puerta mientras el Gunk se mantuviera a flote, con las venas del cuello a reventar, esperando a convencerme para otra cita, otro revolcón. Y yo acabaría cediendo, casándome con él, asegurándole al bebé un padre fiable, contentando así a mis padres. O quizá esa misma noche sería el final de todo. Quizá el Gunk cerraría en verano para no volver a abrir jamás. Yo me quedaría en casa con el bebé, Leon lo vendería, Carlos se buscaría trabajo en otra parte y Nim se lanzaría de pleno a esa vida que ahora mismo estaba a punto de alcanzar con la mano, todavía enfundada en mi bikini rosa: un recuerdo de nosotras.

Esa noche Nim se bebió cuatro cervezas, despacio, mientras trabajaba. Cuando acabó la última, la tiró al saco del vidrio y salió de la barra. Pensé que iba al baño, pero en vez de eso se metió en medio de la pista, con los brazos en alto, doblados, como si se sostuviera la cabeza. Bailaba con los hombros y las caderas, ladeando el cuello. El grupo de estudiantes se abrió a su alrededor, luego formó un círculo amplio. Nim era como un imán al revés; calmada pero firme, abriéndose espacio para ella, para su barriga. Cuando giró hacia mí, vi que tenía los ojos cerrados, que sonreía. Las luces estroboscópicas le iluminaban los codos y con sus destellos atrapaban el humo de las máquinas. Siguió bailando, con el vello de las axilas a la vista, la cabeza inclinada, meciéndose. No sé cuánto tiempo pasé observándola antes de que abriera los ojos y me buscara con la mirada.

CAPÍTULO VEINTINUEVE

Durante una semana apenas salimos del piso. Al fin, la calma se apoderó de mí, y entendí que ya no podía seguir corriendo. Con Nim comíamos y dormíamos, comíamos y dormíamos. Sentía punzadas de celos por su embarazo, rápidas y agudas, que me sorprendían. Mi antigua amargura, por lo visto, no me había abandonado del todo. La verdad era que yo seguía apegada a mi propio sentimiento de utilidad, de ser capaz, y ahora que la discoteca ya no me absorbía, y que no tenía a Leon para hacerme sentir que todo estaba bajo control, envidiaba a Nim, cuyo cuerpo vivía en un estado constante de creación. A cada minuto hacía crecer al bebé, alimentándolo, dejándole vivir de ella como un parásito. Al empezar nuestra semana encerradas en casa, había esperado que, imitando la existencia física de Nim, lograra hacer que el bebé fuera más mío. La realidad era que llevaba mucho tiempo sin reconocerme como un cuerpo, y hacerlo fue impactante. Antes de que Nim llegara a mi vida, no hacía ejercicio, no comía bien. Dormía poco, me tocaba menos. Me había obsesionado con perseguir lo que no se puede retener: ansiaba estatus, admiración, control. Estar con Nim, en el tramo final de su embarazo, era distinto. Era tangible. De repente, el mundo físico tomó el mando; se alzó y demostró ser lo más poderoso. Con eso vino cierta capacidad de soltar, cierta rendición. Descubrí que tenía un hambre voraz, que podría dormir días enteros.

En la revisión de las treinta y seis semanas, a Nim le dieron cuatro jeringuillas de plástico y le recomendaron recoger calostro —la primera leche— y congelarlo antes del parto. Era por si el bebé tenía problemas para mamar. Nim no pensaba dar el pecho, pero se empeñó en reunir calostro para que yo pudiera administrárselo en los primeros días de vida. En el piso vimos un vídeo de YouTube sobre cómo hacer la extracción de forma manual. Llené la bañera, puse las jeringuillas en un plato y herví un tarro en el que pudiera exprimir la leche. Era de noche. El vídeo aconsejaba que el ambiente fuera tranquilo, así que encendí tres velas y las coloqué alrededor del baño. Había amontonado allí casi todas las plantas, porque había leído que agradecían la humedad, y ahora el vapor que emanaba de la tierra despedía un olor a hierba. La bruma era verde. En la bañera, Nim se llevó la mano al pecho izquierdo y empezó a masajearlo, igual que en el vídeo. Nos quedamos las dos mirando el pezón, esperando. Era marrón, moteado en los bordes. Al cabo de un minuto, al ver que no salía nada, le propuse dejarla sola. Cerré la puerta y me senté en el sofá, intenté leer uno de los libros de bebés que había recogido de la tienda benéfica.

Había comprado uno con una foto en la portada: la Tierra pintada en la barriga de una embarazada, el feto de color verde como un supercontinente. Dentro, había una imagen impresa de una escena real de posparto. No aparecía gente en la foto, solo el desorden que había quedado atrás. Había mucha más sangre de lo que había imaginado, charcos enormes. Algo marrón manchaba la cama y solo podía suponer que era mierda. La placenta era un corazón rojo oscuro, negruzco, en un cuenco de cartón. El libro hablaba de algo llamado parto extático, aseguraba que era posible llegar al orgasmo durante el parto, ya que la hormona que provoca las contracciones es la misma que la del sexo. Decía también que pasaba con la lactancia. Me gustaba hojear ese libro, pero me ponía nerviosa. Sabía que yo no podría enfrentarme a esa visceralidad, a ese caos. Mi futuro con el bebé se me antojaba clínico, sostenido por biberones esterilizados y sin una pizca de genética compartida. El otro libro que había comprado era lila, con una planificación de horas de sueño para cada mes de vida. Contenía información que ya reconocía como anticuada, como lo de añadir cereales al biberón para que durmiera más horas. Eso me tranquilizó, en cierto modo. Si las pautas habían estado equivocadas durante tantos años, tal vez los errores que yo iba a cometer no serían tan graves.

Pasaron diez minutos, quizá más. Resistía la tentación de llamar y preguntarle a Nim cómo iba. Al final me levanté a por un vaso de agua y me encontré pegando la oreja a la puerta del baño.

Nim, llamé.

No contestó. Empujé suavemente la puerta y allí estaba aún, en la bañera, con el pecho en una mano y el tarro en la otra. No se giró cuando entré.

No sale, dijo.

Le puse una mano en la cabeza.

El vídeo avisaba de que tal vez harían falta varios intentos, le dije. No hay prisa. Si no funciona, no funciona.

Abrí la ventana para dejar salir el vapor. Le pregunté si quería que lo intentara yo, y con los ojos cerrados, asintió. Me senté en el borde de la bañera, me arremangué y metí las manos en el agua para calentarlas. El pecho izquierdo estaba más rojo que el derecho, y juraría que se le veían cardenales, con la forma y el tamaño de un pulgar.

¿Has probado con los dos?, le pregunté.

El derecho menos, respondió asintiendo de nuevo.

Tomé el peso de su pecho derecho en la palma. Lo sentí distinto al mío, más pequeño y firme. Palpé un rato la carne, desde abajo. Nim cerró los ojos con fuerza, soltó un resuello entrecortado.

Avísame si te duele demasiado, le dije. Podemos probar mañana.

Nim no contestó, y yo sabía que no me lo diría. Seguí ejerciendo presión, repasando en la cabeza el vídeo de YouTube e intentando simular el ritmo de una bomba. Nim no miraba. La observaba de reojo, para ver su expresión. Se mordía el labio superior con los dientes inferiores, que le dejaban una manchita blanca en la piel. Como no salía nada, acerqué la mano más al pezón, hasta que los dedos lo rozaron al apretar. Nim seguía sujetando el tarro, con un codo apoyado en el borde de la bañera, las piernas dobladas y las rodillas asomando fuera del agua.

Nim, susurré. Mira.

En su pezón habían aparecido cuatro puntitos. Eran del color de las natillas, del pus. La leche materna era ambas cosas, supuse, o un punto intermedio. Seguí apretando, como si al parar fueran a desaparecer los puntos, y el diámetro de cada uno fue aumentando. Nim pasó el tarro por debajo y atrapó la primera gota al caer. Seguí bombeando el pecho, de gota en gota. La cantidad era ridícula, ni un cuarto de cucharadita, y aun así estábamos eufóricas. Pasé al otro pecho, saqué un poco más. En diez minutos habíamos reunido lo suficiente para llenar una de las diminutas jeringuillas. Nim absorbió el líquido con cuidado, y yo lo llevé al congelador sobre las manos vueltas hacia arriba.

Cuando volví al baño, Nim estaba recostada, casi sumergida, con la cabeza apoyada en el borde de la bañera. Su tripa desnuda sobresalía, surcada de venas azules que se extendían como raíces. La miré a la cara y no pude distinguir si las gotas que resbalaban eran lágrimas o agua.

¿Cómo te encuentras?, pregunté. ¿Te duele?

Un poco, respondió. Me observaba fijamente, y su mirada era más intensa aún por el brillo húmedo de los ojos, del pelo, del cuerpo entero.

Gracias, dijo.

No es nada, Nim.

Seguía mirándome.

Ya falta poco.

Lo sé.

Me di cuenta de golpe la otra noche, en la discoteca.

¿Crees que volveremos a encontrarnos?, preguntó Nim con la mirada perdida, soñadora.

¿Entre nosotras, quieres decir?

Quién sabe, dijo. Quizá acabemos juntas, más adelante.

Me reí un poco.

¿De verdad lo piensas?

No sonreía del todo, pero casi.

Es lo que hace la gente, ¿no? La gente con hijos.

Tú nunca te fijas en lo que hace la gente, Nim.

Entonces sí sonrió por completo, pero en el fondo de sus ojos vi tristeza.

No, admitió. Supongo que tienes razón.

CAPÍTULO TREINTA

Escuché cómo salía de la bañera y luego avanzaba descalza hasta el dormitorio, dejando unas huellas húmedas en las tablas del suelo que descubriría más tarde. Escuché el agua colarse por el desagüe y al tapón soltar un borboteo. Yo estaba en el sofá, sin hacer nada. Desde que cerró la discoteca, me sorprendía pasando así el tiempo: quieta, oyendo a Nim trajinar por la casa, sin mirar siquiera el móvil. Me había quedado en un punto muerto, mientras a mi alrededor el tiempo corría a toda prisa. Me parecía bueno, pensé, estar inmóvil antes de que todo ocurriera, tomar aliento. Nim se plantó frente a mí con una camiseta enorme y unas bragas, el algodón hinchado por la barriga como una tienda de campaña. Estaba limpísima, con las uñas recién cortadas, los extremos blancos.

Tengo que decirlo ahora, anunció, o no lo diré nunca.

Supe lo que venía. Todo este tiempo lo había estado esperando. Contuve la respiración, intentando soltar, anticiparme a mi propio duelo. Pronto se acabaría, aquellos meses no serían más que una burbuja destinada siempre a estallar, y mi vida volvería a los mismos ritmos, a las mismas rutinas desoladoras.

Estoy enamorada de ti, soltó.

La miré fijamente. Intenté encontrar en su cara alguna señal de que se trataba de una broma. Sus palabras carecían de sentido para mí. Torcí el gesto. Ella estaba quieta, en mitad de la habitación, y yo me levanté del sofá para ponerme de pie también.

¿Te acuerdas en la playa?, siguió Nim. Cuando te conté que al conocerte me habías gustado.

Asentí, desconcertada.

Pues nunca se me pasó. Quise que se me pasara, pero no. A veces me preguntabas por ella. Por la chica que me gustaba, digo. Esa chica eras tú, Jules. Para mí estaba tan claro que no podía creerme que tú no lo vieras.

Pensé que ibas a decirme que habías cambiado de idea, dije. Sobre el bebé.

Nim resopló por los labios, negó con la cabeza.

¿Por qué crees que me acosté con Leon, Jules? Quería ponerte celosa. Quería tu atención.

¿En serio?

Cuando me enteré de que estaba embarazada, ya me había enamorado completamente de ti. Es irónico, lo sé: enamorarte de alguien que no quiere pareja en absoluto. Pero pensé que, si no podía tenerte a ti, al menos el bebé sí.

Fruncí el ceño. Pensé que lo había tergiversado todo. Aunque creyera sus palabras, en realidad se refería a otra cosa.

Cuando me puse tan mal en la ecografía, continuó Nim, era porque fingir que éramos pareja me atormentaba. Sigo soñando con que formemos una puta familia, Jules. Estoy delirando, igual que mi madre. Lo sé, pero no puedo parar.

Tragué saliva. Creí que por fin habíamos llegado al fondo del asunto, al sentido real de lo que había tras sus palabras.

Nim, empecé. Si lo que quieres es criar al bebé, dilo sin más. Si has cambiado de opinión, dímelo. No hace falta que lo endulces inventando cosas, intentando protegerme.

El rostro de Nim se ensombreció. Creí que iba a llorar, y en cierto modo lo deseé. Quería ver que asomaba el remordimiento, algo de dolor. No me importaba que hubiera mentido con lo de estar enamorada. Entendía sus razones. Sabía lo difícil que debía de resultarle admitir que ya no se sentía capaz de entregarme su bebé. Pero ahora que lo había atado todo, tenía sentido hablarlo en serio, pensar en un arreglo. Tal vez yo podría quedarme con el bebé la mitad de la semana, o tal vez ella podría seguir viviendo aquí un tiempo después del parto. Había opciones, quería decirle. No hacía falta inventarse historias.

Nim no lloró. Su tristeza se esfumó tan deprisa que llegué a pensar que me la había imaginado. Dio un paso hacia mí y en su rostro no había más que puro odio. Pensé que iba a golpearme. Llené los pulmones de aire. Para entonces ya tenía su nariz tan cerca que podía notar el olor a mantequilla de su aliento. Cuando habló, lo hizo en un susurro. Había un leve temblor en el borde de las palabras.

No me llames mentirosa, dijo. Mi madre me llamaba mentirosa, y mira cómo acabó.

Tenía los ojos enrojecidos y los labios tensos, una línea rígida. Me lanzó esa mirada que solo ella podía dirigirme, una mirada que me fulminaba, como si me encogiera dentro de mi propia piel. Fui registrando sus palabras poco a poco, y al hacerlo comprendí que eran una amenaza. Si aún no intentaba quitarme al bebé, ahora sí lo haría. Me asaltó el remordimiento. Como en una pesadilla, abrí la boca y no me salió la voz. Nim se dio la vuelta. La oí entrar en el baño, recoger del suelo sus pantalones y sus zapatos, y luego dio un portazo tan fuerte que todo el piso tembló, dejándome con un zumbido en los huesos.

Estaba casi segura de que no volvería, nunca. Que me abandonaría igual que había abandonado a su madre. No tenía sentido: estaba a punto de dar a luz, sin ningún sitio adonde ir. Pero Nim nunca había sido alguien que tuviera sentido; seguía su propia lógica, su propia verdad. Y yo había sido lo bastante necia como para dudar de esa verdad, y ahora ella me castigaría. Comprendí que, desde que Nim me contó su pasado, había estado esperando a que desapareciera de mi vida, del mismo modo que desapareció de la de su madre. Nim siempre había cargado con un halo de fatalidad, lo había sentido desde el principio; pero, al conocer su historia, la agonía que iba a causarme me parecía cada vez más inevitable.

CAPÍTULO TREINTA Y UNO

Me equivoqué en eso, como me equivocaba en casi todo. Nim volvió al piso una hora después de haberse ido. No me dijo ni una palabra al entrar; solo me lanzó esa mirada despiadada suya y se deslizó hacia el dormitorio. Entendí que no me iba a hablar, pero eso me bastaba por el momento, mientras siguiera allí. Nim no desaparecería de mi vida durante unas horas más. Lo haría cuando menos lo esperara, como de costumbre.

Nim puede ser impulsiva, de genio vivo, pero también es inteligente. Para alguien tan joven, era un pozo de sabiduría. Quizá, si yo no me hubiera negado a aprender, a escuchar, las cosas habrían sido distintas. La verdad era que, después de Leon, yo ya no pensaba en mí como en alguien a quien se pudiera querer. Me había cerrado por completo a todo eso. La única persona de la que había llegado a imaginar que podría quererme otra vez era un bebé. Como a la mayoría de las mujeres, me habían enseñado que el amor romántico y la maternidad sería mi recompensa. Como una de esas cosas había fallado, había depositado todas mis esperanzas en la otra. Para Nim, a quien le había fallado su madre, había sido justo al revés. Es evidente que deberíamos haber tenido más imaginación; ahora lo veo muy claro. Pero desde dentro nunca resulta tan fácil.

Nim me despertó a las dos de la madrugada.

Siento algo, dijo.

Se comportaba con normalidad: ya no estaba enfadada, pero tampoco sentía dolor aún. Eso, en sí mismo, era extraño, y supe que estaba ocurriendo de verdad.

¿Algo tipo qué?, pregunté.

La seguí hasta el salón, y luego fui a prepararnos una taza de té a cada una. Cuando volví con ellas, estaba retorcida en el sofá, enredando las piernas y enganchando los pies por los tobillos.

Enfríalo, pidió.

Llené un vaso de hielo y vertí el té encima. Añadí un poco de miel; pensé que el azúcar le daría energía. Aún faltaban cuatro semanas para la fecha prevista. No sabía si aquello era peligroso, y tampoco tenía tiempo de ponerme a buscarlo. La luna asomaba enorme por la ventana. Puse una pajita en el vaso para que Nim no tuviera que incorporarse para beber. Se lo bebió entero de un trago.

Más, pidió.

Esta vez le serví agua con hielo; no sabía si tanta cafeína sería buena idea.

¿Y esto qué es?, escupió, cuando le di el vaso. Te he pedido más.

Me disculpé, le hice otro té. Se lo bebió también.

¿Quieres comer algo?, pregunté.

Ni loca. Tengo náuseas.

Saqué un cazo por si lo necesitaba para vomitar y, en cuanto se lo puse delante, vomitó todo el té, de golpe. Sonó como un tobogán de agua, un chapoteo. El líquido era idéntico al de dos minutos antes. Lo tiré al retrete. Empecé a asustarme, aunque no mucho. Mojé una toalla en agua fría y se la puso en la frente, tumbada en el sofá. Se limpió la barbilla con el dorso de la mano. Tenía la piel húmeda, las pupilas enormes. A la luz de la lámpara parecía barnizada.

¿Sientes contracciones?

No sé lo que siento.

Le preparé otra bañera y se metió dentro. Yo me quedé en la puerta, escuchando sus quejidos. Me pedía constantemente que entrara y le mojara la toalla bajo el grifo de agua fría. Estaba obsesionada con lo frío. Le llevé un vaso de cubitos y se puso uno en la cabeza. Se le quedó ahí, recto sobre el pelo rapado, derritiéndose poco a poco sobre el cuero cabelludo. Ya casi no nos quedaba hielo. Rellené la cubitera, pensé en bajar a la tienda, pero caí en la cuenta de que estaría cerrada. Se me ocurrió despertar a un vecino, pero decidí esperar a ver si Nim pedía más. Nadie me había dicho que se obsesionaría con el hielo. En realidad, nadie me había dicho nada, comprendí entonces.

Al cabo de un par de horas en la bañera, Nim me llamó y me pidió que cronometrara sus contracciones. Le habían dicho que debían durar un minuto cada una, con cinco de descanso entre medias, antes de poder ir al hospital. Cronometré cuatro minutos entre dos contracciones, luego cuatro y medio. Nim era demasiado valiente. Me enfadaba con ella por eso, me preocupaba que nos metiera en un lío.

¡Nim!, exclamé. ¿Pero qué coño? Tenemos que irnos ya.

Llamé a un taxi, la saqué de la bañera y la sequé con una toalla. Su cuerpo estaba distinto: se le habían oscurecido los pezones, como el color de la tierra, y la barriga había bajado considerablemente. La ayudé a ponerse ropa limpia y metí algo de repuesto en una bolsa. En el ascensor, Nim no abrió la boca. Tiritaba, respiraba con la lengua fuera y los ojos en blanco. Quise disculparme, pero me pareció absurdo hacerlo en ese momento.

No estará de parto, ¿no?, preguntó el taxista al bajar la ventanilla cuando llegó.

No, respondí.

Nim abrió las aletas de la nariz, seguía con esa respiración extraña.

¿Vais al hospital a estas horas y no está de parto?, replicó el conductor.

Vale, repuse. Está de parto. ¿Qué? ¿Vas a dejar que dé a luz aquí mismo en la calle?

Tampoco quiero que dé a luz en mi coche.

No es nuestro plan, se lo aseguro.

¿Y si rompe aguas? Eso tiene multa, ¿lo sabe?

Si rompe aguas, pagaremos la multa. Joder. ¿Podemos irnos ya, o llamo a otro taxi?

El conductor resopló y pulsó el botón para abrir las puertas. Nim se tumbó ocupando los dos asientos de atrás y yo subí delante.

Tiene que ponerse el cinturón, dijo el taxista.

No he gritado a nadie, salvo a Leon, como grité a ese taxista. Toda la sangre me subió al rostro, chillé tan fuerte que hasta Nim dejó de gemir. Se me desorbitaron los ojos y el cuello se me torció de una forma rara, antinatural. Debía de parecer poseída. Solo grité una palabra, pero bastó:

Conduce.

Y condujo, con el reflejo de la luna en el parabrisas, y sin necesidad de decir nada más. Casi no había coches en la carretera. Las luces de la ciudad se fundían y serpenteaban en las ventanillas. Mis ojos dibujaban espirales donde no las había. Estaba agotada, aunque no tanto como Nim, que respiraba en el asiento trasero como si un fuego la quemara por dentro. Cuando se callaba, metía la mano por el hueco de los asientos y se la ponía en el codo.

Demasiado calor, murmuraba, apartándome de un manotazo.

Miré afuera y pensé en cómo sería la próxima vez que hiciéramos ese trayecto, con el bebé ya aquí. Imaginé lo que debía de sentirse al ser empujado fuera de una cueva cálida y sangrienta, con el corazón de Nim latiendo arriba como un sol, hacia este laberinto de aceras, de libros contradictorios sobre cómo debe una acallar sus gritos. Menuda estafa eso de nacer. Quizá por ello llevaba resentida con mis padres toda la vida. Tal vez. Pero también me había quedado aquí, cerca de ellos, en esta ciudad. No me había ido ni un mes, aunque muchas veces me había sentido atrapada. Algún día tendría que preguntarme por qué había elegido, cada día de mi vida adulta, seguir en Brighton. Y, cuando me lo preguntara, la respuesta sería, sin duda, que amaba a mis padres, que amaba este lugar estúpido. Este era mi hogar, muerto la mitad del año y abarrotado la otra, plagado de músicos callejeros, mendigos y estudiantes. Este era mi hogar, y también eran mi gente.

CAPÍTULO TREINTA Y DOS

No estaba oscuro en el hospital. Ni siquiera era de noche. Los hospitales no se rigen por esas normas. La gente va allí a nacer, a morir, o a intentar burlar la muerte. Esa gente obedece a su cuerpo, vive fuera del tiempo. La sala de espera era muy luminosa, bulliciosa. Nim y yo nos quedamos de pie, esperando. Después de dar su nombre, hubo que esperar más. Cuánto tiempo, no sabría decirlo. Era la sala de espera, al fin y al cabo. Como pocas cosas en este mundo, ofrecía justo lo que prometía. Nim apoyó la frente en la pared y se mecía de un lado a otro, restregando la cabeza contra la pintura. Sus gemidos se habían vuelto largos y profundos, como el gruñido de un perro. Por fin apareció alguien con una silla de ruedas, y yo la empujé hacia dentro del paritorio.

Corre, exigió.

No sabía si bromeaba, pero obedecí.

En el paritorio le tomaron la tensión y le hicieron un tacto. Lo odiaba. Tenía el rostro bañado en lágrimas. Conservaba esa mirada oscura, con las pupilas tan dilatadas que parecían tragarse el hospital entero, el universo entero. Era como si quisiera sacar al bebé solo con la presión de sus ojos. Pero el bebé era lo único que no podían encontrar, lo único que no podían forzar a salir. Le serví agua en un vaso de plástico para que diera unos sorbos.

No paraba de pedirme hielo, pero no tenía. Una cortina azul nos rodeaba. Gritos, sollozos y todo tipo de quejidos guturales llenaban la maternidad. Todo el abanico de sonidos del dolor humano. Pagué un café y la máquina me escupió una pasta negra, demasiado caliente para beberla.

Cuando volví, nos dijeron que Nim estaba ya en la fase de dilatación adecuada para tener una habitación propia, pero que no quedaba ninguna libre. Tampoco había piscinas. Quise preguntar cuánto tardarían, pero la comadrona ya se había ido. Nim lloraba.

Joder, gritaba, alargando la palabra. La repitió una y otra vez, desde el fondo de la garganta.

Le puse las manos en el rostro, pero me ardían por el calor del vaso, y las retiré enseguida.

Lo estás haciendo genial, la animé. Me habría gustado decir algo profundo, al menos original, pero era incapaz de reunir las palabras.

Por fin nos dieron una habitación, sin piscina. Le trajeron gas y aire, y Nim se lanzó a por ello. Sus gruñidos se transformaron en un silbido. Comprendí la magnitud del dolor al verla inhalar con tanta avidez, y cuando no inhalaba, aferraba el tubo como si le fuera la vida en ello. La habitación quedó envuelta en ese siseo, seguido de sus largas exhalaciones. Teníamos un ventanal enorme, igual que cuando vine a ver a Leon aquí, y en él empezaba a alzarse el sol sobre la ciudad. Los coches serpenteaban por el entramado venoso del asfalto. El sol era un órgano que se desangraba en el cielo. La continuidad de todo aquello me pareció casi una ofensa, entonces. ¿Cómo se atrevía a amanecer, si el bebé aún no había nacido?

El silbido y el amanecer me hicieron tomar conciencia de lo mucho que llevábamos allí: siete horas, ocho. Quise meter la mano en el futuro y arrancar al bebé de allí. Quise tenerlo en brazos, y lo quería ya.

Bebí otro café, y cuando volví estaban examinando de nuevo a Nim. No avanzaba, dijeron. Llevaba tres horas sin progresar. Pregunté por qué. Quería respuestas, pero no las había. Quería saber cuándo venía la parte bonita de todo aquello. Nim seguía silbando. Estaba a cuatro patas en la cama del hospital, con la bata fina como el papel, para que la comadrona pudiera medir la dilatación. Le vino otra contracción, y al empujar se echó hacia atrás sobre los talones, con el culo en alto, y pude ver los pliegues morados de su vulva, el interior vivo y rosado. El silbido era tan intenso que me zumbaba en los oídos. Me coloqué junto a su rostro sudado. Estaba derrotada.

¿Qué necesitas?, pregunté.

Pensé que pediría más medicamentos, una cesárea de urgencia, y conmigo habría estado bien, habría tenido todo el sentido, pero no.

Tócame, dijo. Su voz salía desafinada por el gas, con demasiado aire, como si habláramos a través del ozono. Le puse las manos en los hombros y empecé a masajear.

Más, gimió. Más.

Bajé las manos y noté que lo prefería así. Le masajeé la parte baja de la espalda, mientras ella giraba las caderas en el aire. Yo me mantenía detrás, moviendo la pelvis al mismo compás. Su piel desnuda contra mis vaqueros, con dos o tres personas más en la habitación, observando. Nim no parecía avergonzarse. Allí donde estaba, la vergüenza no existía. Nim era un cuerpo desgarrado, un alma en carne viva. Arqueó la espalda, echó la cabeza hacia el techo y rugió. No le había oído un sonido así en horas, quizá nunca. Retrocedí, y al hacerlo descubrí que estaba empapada: tenía el vaquero chorreando de sus aguas, que seguían saliendo. El charco se extendía en el suelo, atrapando el sol, que ya se había erguido en el cielo rosado como un puño blanco y amarillo. La luz hacía que las aguas de Nim parecieran un espejo. En él se reflejaba el techo cuadriculado del hospital, la luz anaranjada.

Una comadrona entró corriendo con toallas. La sala se reactivó. Las cosas volvían a moverse. Estábamos más cerca. Tras romper aguas, Nim progresó muy deprisa. En media hora estaba lo bastante dilatada para empezar a empujar. No había cambiado de postura en la cama, y mientras pujaba yo me incliné hasta su rostro, muy cerca, y le susurré al oído lo bien que lo estaba haciendo, lo poco que faltaba. La comadrona anunció que ya se veía la cabeza del bebé, y yo bajé a mirar: el cuero cabelludo arrugado, empapado en sangre, cubierto de una sustancia blanca que ahora solo puedo describir como porquería. Luego volví a su cara y le besé la frente, que sabía salada. Lloraba yo, lloraba ella, y nada importaba aparte de que el bebé llegara sano. En ese sentido, fue el momento más puro de mi vida.

Cuando salió, era un revoltijo azul, empapado, el cordón umbilical parecido a una cuerda de plástico. Abrió la boca y gritó que estaba vivo. La comadrona lo puso sobre Nim y él volvió su rostro arrugado hacia su piel, y en ese instante los dos me parecieron tan separados, tan distintos, que esa separación me resultó milagrosa y trágica al mismo tiempo. Miré a Nim, con la cara empapada de sudor y lágrimas, y quise decirle que ella y el bebé lo eran todo, el centro de mi vida, que me había equivocado en mil cosas. Pero Nim aún no había acabado. La comadrona le dijo que tenía que expulsar la placenta, y después la

revisarían por si había desgarros. Me entregaron al bebé.
Para hacer piel con piel, me quité la camiseta de un tirón
y, como había olvidado ponerme sujetador al salir del
piso, me quedé allí con los pechos al aire, sin que me importara, sosteniendo su cuerpecito húmedo contra el mío.
Sus primeras respiraciones le sacudían el cuerpo. Tenía
los ojos cerrados, y me reí al ver que parecía haberse vuelto a dormir en su propia fiesta, como si nacer no tuviera
importancia. En mis brazos era una fuente de luz, un rayo
imposible, un foco de discoteca hendiendo la pista de baile. Brillaba tanto que me dolían los ojos al mirarlo. Y, aun
así, no podía apartar la vista.

CAPÍTULO TREINTA Y TRES

El bebé tiene cuatro días y aún no he dormido más de dos horas seguidas. Desde que nació, lo único que he comido son cereales. Vamos al súper, cogemos Weetabix para cenar y Coco Pops de postre. La tienda es luminosa, chillona; recorro los pasillos entornando los ojos, cargando con el bebé. En un intento desesperado de comer nutrientes, compro leche de proteína de guisante. Camino de vuelta con la bolsa colgada al hombro, sujetando sus pies con las manos ahuecadas. En el piso lo saco del portabebés y lo acomodo en la hamaca. Me siento frente a él, moviendo la silla con un pie para poder zamparme mis cereales. Le tiemblan los mofletes. Me observa. Me limpio la barbilla manchada de leche de guisante. Parpadea. Me pregunto si con ese parpadeo intenta decirme que me quiere. Tiene los ojos vidriosos y se queda dormido. Yo lo sigo meciendo, porque ya he aprendido a no parar.

Algo cambió en mí al ver nacer al bebé. Entendí que no era posible cerrarme al amor. Que esa autosuficiencia, ese plan de no necesitar nada ni a nadie, no era más que una ficción. Comprendí que no podía ser madre en el vacío; ni siquiera podía ser gran cosa. El hecho es que las personas venimos unas de otras. Nos necesitamos para vivir. No tenía que dar a luz yo misma para descubrirlo. Bastaba con presenciar un nacimiento.

Siento vibrar el móvil bajo el muslo. Lo saco: aparece el nombre de Nim en la pantalla. Contesto, y me echo a llorar antes de poder hablar.

¿Hola?, digo. La palabra se me atasca en la garganta, toso para aclararla. ¿Hola?

Jules. Su voz suena lejana.

¿Estás bien?

Sí.

¿Dónde estás?

En casa de Leon.

¿En casa de Leon?

Me llevé tu llave del piso, cuando me di cuenta de que estaba de parto. Pensé que sería el sitio adecuado para venir.

Se fue a casa de Leon. Tiene todo el sentido. No sé cómo no lo había pensado antes. Leon está fuera, en rehabilitación, su casa vacía. Me la imagino ahora en su sofá de cuero, con el leve olor a lejía que quedó tras mi limpieza a fondo y una compresa posparto abultándole las bragas.

¿Cómo está el bebé?, pregunta Nim.

Bien. Está aquí.

Siento haberte asustado.

Y yo siento haberte acusado de mentirosa.

No intentaba castigarte, Jules. O no del todo. Creo que intentaba castigarme a mí.

¿Por qué harías eso?

Porque hice exactamente lo mismo que hace mi madre, sin darme cuenta.

¿En qué sentido?

Me enamoré de la idea de ti, y me perdí persiguiéndola.

¿Qué idea era esa?

Que me cuidarías.

Pero necesitas que te cuiden, Nim. Todo el mundo lo necesita.

Tú no, dice.

Esa chispa de rebeldía me arranca una sonrisa. Echaba de menos ese espíritu suyo.

Claro que sí, respondo. Me he equivocado, ¿vale? No sé qué hay entre nosotras, pero creo que lo necesito. Creo que te necesito.

Se queda en silencio un momento. En el altavoz escucho su respiración.

¿Qué vamos a hacer?, pregunta.

¿Te plantearías volver aquí, quedarte un tiempo?

Espero su respuesta, con el corazón latiéndome en las muñecas.

Tal vez, responde. Pero no quiero ser su madre, Jules. Eso lo tengo claro. No estoy preparada. Puede que nunca lo esté.

Está bien. Puedes vivir aquí sin ser su madre. *Yo* soy su madre, en realidad.

Solo al decirlo me doy cuenta de que es verdad. Desde que contesté al teléfono, no he dejado de mover la hamaca con el pie. Ahí, el bebé ronca. Me resulta extraño, quizá decepcionante, concederme por fin esa palabra. Madre. La había ansiado tanto, y al llegar descubro que importa bien poco. Lo que importa es el bebé, aquí, conmigo.

Entre Nim y yo tampoco hay palabra posible, ninguna etiqueta que encaje. Somos más que amigas, menos que amantes. Somos íntimas, pero no de una forma sexual. Tengo edad de ser su madre joven, y al mismo tiempo de ser su novia mayor. Nos hemos acostado con el mismo hombre, hemos trabajado en el mismo sitio.

Vivimos como compañeras de piso, pero compartimos cama. Ahora ella ha tenido un bebé, pero el bebé es mío. Se me ocurre que quizá ahí estuvo siempre el problema, entre Nim y yo. Nos dejamos atrapar en intentar definir lo que teníamos. Yo traté de encerrarla en categorías: empleada, compañera de piso, gestante. Ella, en cambio, se volcó en la expansión: aspiraba al amor romántico. Veo ahora que quedamos atrapadas en el lenguaje, en la legitimidad. Pero no hace falta.

Nim acepta venir. No dice cuánto tiempo se quedará. Una hora, una noche, un año. Le pido un taxi con una *app* del móvil. No sé cómo se habrá recuperado del parto, hasta dónde podrá caminar. Llega veinte minutos después. En ese rato, el bebé se ha despertado, llorado, comido. Ahora está alerta, más que nunca. Como si supiera que ella viene. Lo dejo en la manta de juegos mientras voy a abrir la puerta. Mira al techo con determinación. En el umbral, Nim parece distinta. Ya no está embarazada, un hecho que había olvidado. Lleva la ropa de Leon: su cazadora de cuero hecha polvo, la camiseta con el dibujo retorcido que él llevaba la noche en que lo conocí. No sabía que todavía la tenía, y me resulta a la vez evidente e increíble que ella la haya escogido, una casualidad perfecta. Nim baja la vista hacia el dibujo, porque yo lo estoy mirando.

Si llego a saber que este modelito iba a dar tanto juego, dice, me lo habría currado un poco más.

Me río. La atraigo hacia mí y la abrazo. Lo hago demasiado fuerte, demasiado tiempo. Su cuello huele a jabón, su ropa a cerrado. Quiero respirarla, una y otra vez. Cuando nos separamos, me dispongo a disculparme, por haberla agarrado y no soltarla, pero al abrir la boca me toma la mano entre las suyas y la sostiene, observándome. La última vez que la miré así de frente fue en el mismo instante en que nació el bebé. Llorábamos las dos entonces y lloramos las dos ahora.

¿Puedo verlo?, susurra.

La observo detenidamente, intentando adivinar cómo se siente en realidad respecto al bebé. Me pregunto si le da miedo verlo, si tiene esperanzas, si al pedirlo solo está siendo educada. Me pregunto si algún día sabré leerla del todo. Asiento y echo a andar por el pasillo hacia el salón con Nim detrás. Avanzamos por el corredor. No sé si caminamos despacio o si solo lo parece. Tengo una visión extraña: las paredes y el suelo convertidos en los bordes carmesí de un gran canal de parto, arrastrándonos a Nim y a mí hacia dentro. Las persianas del salón están abiertas, la luz lo inunda todo, de modo que a medida que nos acercamos a la puerta el resplandor va aumentando. Oigo los ruiditos del bebé, sus resoplidos, sus pequeños chillidos. En cuestión de segundos, estaremos los tres juntos. Lo que pase después no lo sé. No hay manual para esto, así que no queda otra que inventarlo. Por ahora, el resplandor nos arrastra, nos atrapa, y lo inunda todo.

AGRADECIMIENTOS

Gracias a todos los que leyeron *Send Nudes* y les gustó, a quienes compraron un ejemplar, lo prestaron o lo recomendaron a un nuevo lector. Gracias a Niki Chang por ser una perfecta colaboradora y amiga, así como todo lo que podría haber deseado en una agente. Gracias a Allegra Le Fanu, mi editora, por tus comentarios, tu apoyo y tu confianza inquebrantable durante estos años frenéticos de tener hijos y escribir libros. Gracias a Angélique Tran Van Sang, que me ofreció el contrato editorial con el que empezó todo. Gracias a Brittani Davies, mi publicista, a Saba Ahmed, mi correctora de estilo, a Lauren Whybrow y a todo el equipo de Bloomsbury, por acoger *Somos vida (y familia)* y ayudar a ponerlo en el mundo. Gracias a Sheena Patel, por aquella conversación por correo electrónico que iluminó lo que intentaba conseguir con esta novela. Gracias a Alix Eve, por poner el temporizador en el Rich Mix durante aquel crudo invierno en que escribimos juntas. Gracias a Alice Zoo, primera lectora y amiga generosa, por tus reflexiones sobre el primer borrador que me atreví a compartir. Gracias a Alexis Ward, por señalarme la porquería con la que nace cubierto un bebé. Gracias a Jelly y Bren, mis ángeles de la guarda, por llevar vidas que inspiran. Gracias a cada miembro de mi disparatada y leal familia. Gracias a

Jacob, la persona más amable que he conocido. Y por último, gracias a mis hijos, que lo hacen difícil, pero también lo hacen posible.

¿TE HA GUSTADO
ESTA HISTORIA?

Escríbenos a...

plata@uranoworld.com

Y cuéntanos tu opinión.

Conoce más sobre nuestros libros en...

 plataeditores

 PlataEditores